Svea Kerling, als Sonntagskind anno 1974 in Kroatien geboren, verbrachte ihre Kindheit in einer kleinen Gemeinde inmitten der hügeligen Landschaft im österreichischen Weinviertel. Auf der Suche nach Freunden und Akzeptanz fand sie ihre treuesten Begleiter: Bücher. Heute lebt die Autorin mit Kind & Katz unweit der österreichischen Bundeshauptstadt.

Svea Kerling

DAS HAUS MIT DEN TRAURIGEN AUGEN

S. Kerling meets E. A. Poe

Erzählungen

Handlungen und Akteure in diesem Buch sind frei erfunden. Jede Ähnlichkeit mit real existierenden Personen, lebendig oder verstorben, wären rein zufällig.

Bibliografische Information der Deutschen Nationalbibliothek:
Die Deutsche Nationalbibliothek verzeichnet diese Publikation in der Deutschen Nationalbibliografie, detaillierte bibliografische Daten sind im Internet über http://dnb.dnb.de abrufbar.

Korrektorat: Bianca Weirauch
Satz und Layout: J. Mertens
Illustrationen: Petra Bichler
Kapitelgrafiken: J. Mertens
https://pixabay.com

Herstellung und Verlag:
BoD – Books on Demand, Norderstedt

ISBN: 978-3-7504-0261-4

www.sveakerling.com

Wahrheit ist nicht zwingend real. Jede Wahrheit ist e i n e empfundene Wirklichkeit einer scheinbar erlebten Realität.

(Svea Kerling: »Die Equipe«)

Inhalt

Vorwort

Ich glaube, ich war 12 Jahre alt, als ich unter der Birke saß und ein seltsames Büchlein in der Hand hielt. Es hieß »Grube und Pendel«, stammte aus der Feder eines Edgar Allan Poe. Ich kann mich nicht mehr genau daran erinnern, woher ich es hatte, nennen wir es einen Dachbodenfund. Ich fand es faszinierend, es unterschied sich in allen Dingen von den üblichen Büchern, die man jungen Mädchen zum Lesen vorsetzt. Das Büchlein war klein, dünn und mit einem dunklen Cover. Es zeigte dunkle Kreaturen. Ein Mann saß scheinbar geknickt vor seelischer Pein an seinem Schreibtisch. In mir erweckte es ein Gefühl des Verständnisses und des Mitgefühls. Ich musste es lesen.

Es fühlte sich verboten an, dieses Büchlein in den Händen zu halten. Zu sagen, es fesselte mich von der ersten Seite an, wäre übertrieben. Um ehrlich zu sein, war ich recht zaghaft bei der Sache, brauchte mehrere Anläufe, um das erste Kapitel zu lesen und es zu verinnerlichen. Es war so anders, und doch verstand ich es. Es machte mir Angst, und doch wollte ich mehr davon. Es war so dunkel und doch ein Lichtblick. Heute weiß ich, gerade seine Dunkelheit ermöglichte es mir, endlich klar zu sehen. Es gab mir Sicherheit und das Wissen, nicht allein zu sein. So anders, wie ich war. Ich begriff endlich, *die anderen* waren es, die anders waren.

Meeting I

Meeting I

Seit den frühen Stunden
meiner Kindheit war ich nie,
wie andere waren – sah ich nie,
wie andere sahen.
– Edgar Allan Poe

Ich verliere den Halt und falle zu Boden. Diese verdammten Steine. Meine Lunge brennt. Ich bekomme kaum noch Luft, doch ich muss weiter. Nur nicht umdrehen. Auf gar keinen Fall umdrehen.

Noch weigere ich mich, der Kreatur gegenüberzutreten. Ihr ins Gesicht zu sehen, in ihre Augen zu blicken, mich dem Grauen von Angesicht zu Angesicht zu stellen.

Es ist nur eine Frage der Zeit. Kein Zweifel. Ich spüre es. Dieses Monster, es ist mir dicht auf den Fersen. So nah, dass sein modriger Gestank in meine Nase dringt und meine Lunge mit fauligem Atem füllt. Ekel steigt in mir empor, nimmt Besitz von meinem ganzen Körper. Ich möchte aus meiner Haut raus, sie ablegen wie eine verbrauchte staubige Hülle. Raus aus meinem Körper und nicht mehr gegen das Unvermeidliche ankämpfen.

Es wäre ein Leichtes, stehenzubleiben. Nur für einen Augenblick, für die Dauer eines Wimpernschlages, und alle Qual wäre vergessen. So leicht. Eigentlich. Doch etwas in mir möchte nicht und wehrt sich. Möchte nicht aufgeben und kämpft. Dieses eine Etwas kämpft weiter um ein Sein, das nicht sein darf.

Meine Beine laufen, angetrieben vom Urinstinkt, der allem Leben innewohnt. Nackter Überlebenswille zwingt mich dazu, nicht aufzugeben. Zwingt mich dazu, zu rennen. Quer durch diese Wüste, geschaffen aus Sand, Geröll und Schmerz. Es ist heiß. Ich bleibe stehen und horche, jedoch fehlt mir der Mut, mich umzusehen. Die Sonnenglut zeigt sich unerbittlich. Meine Schuhe sind zerlumpt, allerdings mein einziger Schutz, um nicht Feuer zu fangen. Bliebe ich stehen, würden meine Fußsohlen augenblicklich beginnen zu glimmen.

Mit einem gellenden Schrei stolpere ich und falle zu Boden, ich bewege mich kriechend weiter, ziehe so schnell ich kann meine Beine über den Boden. Es tut schrecklich weh. Meine Lunge brennt. Meine Haut glüht. Ein Gefühl wie Tausende von spitzen Nadeln auf der Haut. Ich schreie auf, als etwas von hinten nach meinen Beinen greift und sie ruckartig an den Kniegelenken abreißt. Entsetzt und angewidert gleichsam vor Schmerz und dem Anblick, den ich biete, krieche ich auf Armen und Händen weiter. Mein restlicher Körper schleift hart am heißen Boden. Viel ist davon nicht mehr übrig. Ich spüre den Griff nach dem kümmerlichen Rest meiner Beine. Flammen beginnen zu lodern. Ich rieche verkohltes Fleisch. Es ist mein Fleisch, das brennt. Ich schlage mit meinem Kopf gegen den Boden. Meine Arme lösen sich vor meinen Augen auf. Asche vermischt sich mit Staub. Nun ist es dunkel, doch es fühlt sich sicher an. Ich habe keine Angst vor dem Tod. Bitte erlöse mich vor dem Sterben. Gib mir die Gnade, den Zeitpunkt meines Todes selbst zu wählen. Jetzt.

Die Hölle hat mich wieder ausgespuckt, die Hitze meine Sinne getäuscht. Mein dehydrierter Körper fand seine Rettung im Delirium. So muss es gewesen sein. Auch jetzt spielen mir meine Sinne einen Streich. Unweit vor mir erspähe ich ein weißes Haus, so, als hätte es niemals etwas anderes getan, als mitten in dieser gottverdammten Steinwüste zu stehen und zu warten.

Warten worauf? Auf wen? Auf die Toten?

Hier, mitten im Nirgendwo, bleibt einem nicht viel mehr als der Tod. Hier gibt es nur Monster und Tote. Ich muss noch immer im Wahn gefangen sein. Ich bin noch immer nicht tot.

Oder träume ich? Ist womöglich der Tod selbst nur ein Traum in einem Traum? Sonst nichts? Ich bin mir sicher, der Tod ist höflich. Er wartet auf jeden Einzelnen von uns. Er wartet auf mich in diesem weißen Haus. Ja, bitte warte auf mich. Ich will mich beeilen. Meine Beine tragen mich nicht schneller, aber ich bin gleich da. Nur noch diese Stufen zur Veranda hoch. Jetzt nicht stolpern.

Ein monströser Schatten über mir. Das Maul öffnet sich. Die Kreatur macht sich dazu auf, mich zu verschlingen; allerdings ist es gerade ihr widerlicher Atem, der mich anspornt und mir die nötige Kraft verleiht, die Tür aufzureißen. Ich stolpere ins Innere des Hauses. Mit einem lauten Knall fällt die Tür hinter mir zu. Erneut muss die Kreatur von mir ablassen.

Ich lausche. Um mich herum ist es still. Das Ungeheuer scheint keine Anstalten zu machen, die Tür einzudrücken zu wollen. Ich lehne mich dagegen. Nichts. Ich lausche erneut. Alles ruhig. Kein Kratzen an der Tür. Kein Schnaufen. Nichts. Gibt es so leicht auf? Bin ich ihm nichts wert? Mehr ist nicht dahinter? Bin ich nur eine Beute von vielen? Ein seltsames Gefühl von Eifersucht beschleicht mich.

»Hast du das Monster gesehen?«

»Nur den Schatten. Ich habe seinen Schatten gesehen. Es hat mich in keinster Weise berührt und doch habe ich das Monster gespürt. Ganz nah. Zu nah.«

»Umso erleichterter zeige ich mich darüber, dass du es hierher geschafft hast. Nicht allen Menschen ist so viel Erfolg beschieden.«

»Hierher? Ich verstehe nicht.«

»Hierher, zu mir. Sie schaffen es nicht, sich in Sicherheit zu bringen. Sie scheitern. Menschen scheitern an ihrem eigenen Verstand. Besser: Sie scheitern an dem, was davon noch übrig ist.«

»An meinem Verstand zweifle ich schon lange, wenn *überhaupt* noch etwas davon übrig ist.«

»Du hast dich gar nicht nach der Kreatur umgedreht?«

»Nein, wozu? Ich wusste doch, dass sie da war, dass sie mich verfolgte. Keinen Augenblick lang habe ich mir misstraut. Ich wusste es einfach. Ich spürte es. Ich spürte ihren Atem auf meiner Haut, spürte ihren gierigen Blick und ich fürchtete das, was dahinter verborgen lag.«

»Komm, setz dich doch.« Er zeigt auf das Sofa hinter mir. »Du musst erschöpft sein.«

Nur allzu gern komme ich seinem Angebot nach.

»Ich bekomme nicht viel Besuch«, fährt mein Gastgeber fort. »Nicht, dass ich eine große Gästezahl schätzen würde, doch auch mir sind die Tücken der Einsamkeit nicht fremd.«

»Und? Kommt es wieder?«, will ich wissen.

»Das Monster? Nein, es wird nicht wiederkommen.«

Noch ehe ich meine Erleichterung in Worte packen kann, bin ich mir über meinen Trugschluss im Klaren.

»W… wird es?«, stottere ich.

»Es wird nicht wiederkommen, doch nur«, er zögert, »weil es dich nicht verlassen hat. Doch wir sind hier sicher, die Kreatur fürchtet das Haus. Bleib, solange es dir richtig erscheint.«

»Wir?«

»Wir, meine Liebe. Auch ich bin geflohen. Einst. Aber das ist eine andere Geschichte.«

»Aber …«

»Aber? Du musst wissen, diese Kreatur da draußen ändert ihre Gestalt. Sie kennt deine Ängste und all die Wege, an diese zu gelangen, und noch mehr kennt sie ihre Opfer. Indem sie in die Seelen der Menschen blickt, offenbart sich ihnen ein Blick auf ihr innerstes Selbst.«

»Aber … wie weiß ich … wie erkenne ich sie?«

»Zunächst ist es nicht mehr als ein Schatten – kaum wahrnehmbar. Stets zeigt sich die Kreatur in der Dämmerung und offenbart sich in der Nacht. Ihre

Stärke wächst mit jedem Funken Angst und gewinnt somit an Macht. Sie schleicht sich in deine Träume. Auch am Tage. In deinen Träumen siehst du wahrhaftig. Du erkennst die Brücke. Erfährst, dass es keine starren Grenzen zwischen den Welten gibt. Alles ist anders und doch dasselbe, sobald es wieder gleich ist. Du findest keinen Namen für das, was mit dir geschieht. Du ringst nach Worten. Nach Worten, die Erklärungen versprechen und Hoffnung vorgaukeln.«

»Und es gibt keine Möglichkeit, das alles auseinanderzuhalten?«

»Das alles? Die Wahrheit und das, was wirklich passiert? Die Wirklichkeiten verschwimmen. Sie lösen sich auf, während andere das Licht deiner Welt erblicken. Viele Menschen gebären viele Wirklichkeiten. Jede davon ist unterschiedlich. Anders als meine. Anders als deine. Anders als unsere. Und doch ist alles eins.«

»Aber wenn sie anders sind, dann ...«

»Du denkst, deine wäre weniger wirklich, nur weil sie unerkannt von anderen existiert? Sei dir gewiss, du bist mit deiner gar nicht so schlecht dran. Wir beide sind hier gut aufgehoben.«

Mein Blick schweift ab, ich versuche, mit meinen Augen imaginäre Kreise einzufangen. Ich bekomme Durst.

»Bitte, bediene dich.« Er scheint meine Gedanken zu lesen und zeigt auf ein Glas Wasser, das auf dem kleinen Tischchen vor mir steht. »Nimm es, greif ruhig zu.«

Dankbar nehme ich den ersten Schluck, nur um daraufhin den Rest der kühlen Flüssigkeit gierig in mich hineinzuschütten.

»Nochmals zu diesem Ding da draußen …«, stottere ich.

»Dieses – wie du es nennst – ›Ding da draußen‹; ein anderer hätte sich nach diesem Ding umgedreht. Sie haben sich bisher alle umgedreht. Was hat es ihnen gebracht?«

»Ich weiß es nicht. Hat es ihnen etwas gebracht?«

»Es brachte ihnen den Tod.«

»Sie sind tot? Diese *anderen*?«

»Tot – ja, tot.«

»Alle?«

Er nickt. »Sagen wir, sie haben sehr wohl darum gekämpft, der Bestie zu entkommen. Jedoch der Versuch allein war schon zum Scheitern verurteilt.«

»Warum?«

»Sie waren so erpicht darauf, dem Tod zu entkommen und zu leben, dass das Leben selbst auf der Strecke geblieben war. Alles, womit sie sich beschäftigten, war es, unnötigen Ballast mit sich zu schleppen. Sie gingen an der Last zugrunde, ohne auch nur die Möglichkeit in Betracht gezogen zu haben, Gewichte zu verlagern. Kein Gedanke daran, Ballast abzuwerfen. Stetige Angst vor dem Sterben ließ sie erblinden. Es war ihnen unmöglich, den Tod zu erkennen oder auch nur wahrzunehmen. Sie empfanden nichts. Während sie dem Leben hinterherliefen, hatte sie der Tod doch schon längst eingeholt.«

»Da wird man ja verrückt …«

»Werden? Das bist du doch schon.«

»Na, vielen Dank auch.«

»Doch nicht dafür.«

Ich grüble und überlege, wie ich seine letzten Aussagen interpretieren soll.

»Du bist verrückt. Ja«, bestätigt er, »verrückt. Du bist fernab von ihren Linien. Verrückt von ihren Wegen, die nicht die deinigen sind. Wir haben alle unseren Weg; verrückt und weitab von anderen Pfaden. Wenige beschreiten ihren eigenen Weg. Nur ein kleiner Teil findet den Mut dazu. Lieber trampeln sie zwanghaft auf fremden Wegen herum, die sie für ihre angestammten und einzig richtigen halten. Getrieben von ihren eigenen Ängsten erklären sie dich für geistesgestört. Erklären dich für krank, weil du nicht in ihre Welt passt. Sie haben nur eine Welt. Und diese beschützen sie mit all ihrer Engstirnigkeit und ihrem vernichtenden Hass. Hass auf das Unbekannte. Hass auf ihre Angst. Angst vor ihrer Angst. Hass darauf, dass sie nicht sehen. Nicht wissen. Sie wollen nicht hinsehen. Sie wollen nicht wissen. Sie haben Angst. Und die Angst jagt sie. Doch wir«, er zeigt abwechselnd auf mich und dann auf sich, »wir müssen uns nicht nach unserem Jäger umdrehen. Wir selbst sind es, die auf der Jagd sind. Auf der Jagd nach unserem Selbst.«

Ich verstehe, worauf mein Gesprächspartner hinauswill, doch ich will mehr. »Aber will nicht jeder frei sein in seiner Entscheidung und in seinem Tun? Frei entscheiden können darüber, ob er Jäger oder Gejagter ist? Den eigenen Weg bestimmen dürfen?«

»Fragen wir doch einen Goldfisch.«

»Ach?« Meine linke Augenbraue hebt sich.

»Ja, fragen wir ihn. Was würde er antworten?«

»Was fragen wir ihn denn?«, stutze ich.

»Wie frei er sei, wenn du ihn in den See wirfst?«

»Ich weiß es nicht. Was hat das eine mit dem anderen zu tun?«

»Was also würde er antworten?«, beharrte er auf seiner Frage.

»Keine Ahnung. Zumindest hätte er ein anderes Leben. Er wäre frei. Er wäre doch um nichts glücklicher als in seinem Wasserglas.«

»Frei, weil du es so entschieden hättest? Über sein Leben?«

»Ja, nein … aber sein Leben wäre … es wäre anders.«

»Oder das, was du für sein Leben hältst. Oder das, was er für sein Leben hält. Er hat nur dieses eine Leben. Seine Freiheit, deine vermeintliche Wirklichkeit, würde für ihn den früheren Tod bedeuten. Im Übrigen, wo blieb die Freiheit seiner Entscheidung? Hast du nicht für ihn entschieden?«

»Na ja, das Goldfischglas …« Ich suche nach Worten.

»Das Goldfischglas, woher der Gedanke an solch ein kleines Gefäß?«

»Ich weiß es nicht, es war nur so ein Gedanke. Ich wollte doch nur ein besseres Leben für ihn. Zumindest ein anderes, das vielleicht besser gewesen wäre. Oder ihm die Chance gegeben. Egal, wie ich es mache, mich entscheide. Es ist immer falsch.«

»Du hast nichts falsch gemacht. Der Fisch erfreut sich bester Gesundheit.«

»Versprochen?«

»Versprochen«, bestätigt er.

»Ich … ich selbst war ja auch schon immer auf der Suche nach einem anderen Leben. Ich habe nicht gewusst, ob es jemals ein besseres geworden wäre. Ich wollte einfach nur anders leben. Ich war immer schon irgendwie … ich weiß nicht … irgendwie anders.«

»Anders als wer?«

»Auf jeden Fall anders als die anderen. Nicht anders als ich. Selbst kann ich ja unmöglich anders sein als ich selbst. Oder so.«

»Bist du dir da sicher?«

»Ja, natürlich. Nein. Irgendwie bin ich aber oft anders als ich. Ich bin mir über gar nichts mehr sicher, nicht einmal darüber, ob ich sicher bin … oder nicht sicher.«

»Wir alle sind oft anders als unser Selbst. Wir sind alle viele. Viele in uns. Das macht uns aus. Darum sind wir den anderen überlegen. Während sie auch nur den Versuch starten, eine Ecke weiter zu denken, sind wir ihnen längst unzählige Ecken und Straßen voraus. Viele sehen mehr. Sehen anders.«

»Als Kind wollte ich unbedingt weg von hier. Von der Erde. Diesem Leben. Weg von mir. Weg; wohin auch immer. Ich war mir sicher: Ich gehörte nicht hierher. Und so wartete ich. Ich wartete vergeblich. Nichts geschah. Verzweiflung und Wut wechselten sich ab, bis ich schlussendlich resignierte. Ich gab auf, da niemand kam. Niemand hatte nach mir gesucht. Nicht einmal dort wollten sie mich. Wo immer auch dort war und dort ist.«

»Bist du dir da sicher? Schau dich um. Du bist schon dort. Du bist genau da, wo du zu sein hast. Genau hier. Ist es hier nicht anders?«

»Manchmal denke ich, ich bin *anders* anders. Dass es in meinem Kopf anders ist. Dass sich einfach alles nur in meinem Kopf abspielt, und zwar anders als bei den anderen.«

»Nur? Nur weil es in deinem Kopf ist, existiert es nicht? Macht es deine Monster weniger real, nur weil die anderen Menschen sie nicht sehen? Diese Menschen sind blind und taub. Fremde Vorstellungen manifestieren sich zu ihrer unumstößlichen Wahrheit. Mit aller Macht halten sie die Illusion ihres Lebens aufrecht. Ihre Selbstlügen mutieren zum einzig wahren Glauben.«

»Also geschehen diese Dinge wirklich nur in meinem Kopf.«

»Was für Dinge?«

»Dinge eben. Dinge wie diese. Dinge, die nicht normal sind. Dinge, die anders sind. Dinge, die ich fühle. Dinge, die ich sehe. Dinge eben. Andere Dinge, die niemand sonst verstehen kann. Dinge. Du. Ich bin anders. Ich passe nicht hierher, doch ich bin kein Kind mehr. Es wird mich niemand retten; niemand holen. Ist doch so, nicht wahr?«

»Retten wovor? Du musst nicht gerettet werden. Du hast dich selbst gerettet. Mein Haus, es steht mitten im Hier und Jetzt. Du hast den Weg hierher gefunden – ganz allein. Du hast die Tür geöffnet – ganz allein.«

»Ich habe so viele Gedanken. Ich habe so viele Fragen und keine einzige Antwort. Doch habe ich das Gefühl, Fragen beantworten zu können, die mir nie gestellt wurden. Ich wollte nie hierher, im Grunde auch nicht woanders sein. Ich will *gar nicht* sein.«

»Überall der gleiche Wahnsinn. Ob hier oder auch woanders. Egal, wo wir das Licht der Welt erblicken und unter welchen Umständen wir aufwachsen. Anders abgeschmeckt vielleicht; ganz sicher sogar. Eine Prise mehr hiervon und etwas weniger davon. Du hast gelernt, deine Seele zu füttern. Du hast ihr die nötige Nahrung gegeben, damit sie weiterleben konnte und du weiterleben kannst. Schmeckt anderen nicht? Das soll dich nicht bekümmern. Sie nennen dich wählerisch? Du *musst* wählerisch sein. Du wählst, um zu lernen. Lernst, um zu wissen. Lernst zu verstehen. Du weißt, was deiner Seele schmeckt, was dir guttut. Du hast probiert und gekostet. Etliches hat dir nicht geschmeckt, noch mehr hast du nicht vertragen und dir so manche Magenverstimmung geholt. Zu süß, zu bitter, zu salzig, zu heiß, zu kalt – es ist dein Herd, es sind deine Töpfe. Du wählst deine Zutaten. Koche! Lasse dich nie einkochen.«

»Vielleicht sollte ich ein Kochbuch schreiben.«

»Ich bin mir sicher, dass viele Menschen Gefallen an deinen Rezepten finden würden.«

»Ja, ich weiß, und doch weiß ich oft nichts mehr. Nicht mal mehr, dass ich nichts weiß. Habe keine Ahnung mehr. Ich weiß oft nicht, was ich will, aber …«

»Aber du weißt, was dir nicht schmeckt, was dir nicht gut bekommt. Es steht dir frei, die Zutaten zu wählen.«

»Ja, ich mache Fortschritte. Und ich weiß, welche Zutat fehlen könnte, damit es besser schmeckt.«

»Gut, also weißt du auch, was du willst. Nicht nur, was du *nicht* willst.«

»Was ich nicht will, ist, noch verwirrter zu sein, als ich schon bin. In mir ist kein Platz mehr für noch mehr Irrsinn.«

»Du nennst es Irrsinn?«

»Ich bin nicht verrückt, klar? Nicht, dass du das von mir denkst. Zugegeben, manchmal sind die Grenzen schwer auszumachen, doch das ist in Ordnung. Irgendwie. Ich lote sogar gerne meine Grenzen aus. Oft. Manchmal. Überschreite sie. Aus Jux und Tollerei oder sonstigen Gründen. Ach«, ich beschwichtige mit einer abwertenden Handbewegung, »lassen wir das. Anders. Nicht anders. Das kann doch nicht der Grund dafür sein, dass ich Grenzen nie so starr ziehen konnte. Will es auch gar nicht. Vielleicht bin ich so wirklich verrückt. Weißt du, so richtig geistesgestört. Diese Dinge, die andere nicht sehen können. Diese Dinge, die du fühlen kannst. Sehen. Es sind alles Dinge meiner Welt.«

»Meiner, deiner, unserer … einerlei. Wo hört denn deine Welt auf? Wo fängt meine an? Wer setzt die Trennlinie? Eine Welt, zusammengesetzt aus vielen Teilen; unzähligen Teilen. Einige beherrschen dieses Spiel und sind in der Lage, diese Teile zusammenzusetzen. Zu einem großen Ganzen.«

»Wie auch immer. Ich glaube nämlich, dass alles nur Einbildung ist. Auch du. Das ist es, was gerade passiert. Es ist ein Segen und auch ein Fluch, nicht wahr? Ganz bestimmt sogar bilde ich mir das alles ein.«

»Ich bin also eine Einbildung, soso.«

»Natürlich, oder bist du real?«

»Natürlich bin ich real. Für dich.«

»Siehst du, das meine ich. Also ja, oder nein?«

»Erinnere dich an damals, als Kind …«

»An was genau?«

»Sag du es mir!«

»Ja, ja ist schon gut. Ich weiß. Ich habe mir damals eine eigene Welt geschaffen – wie das Kinder nun mal so tun. Und diese Welt war umgeben von Mauern und Minenfeldern, von Monstern und den grässlichsten Kreaturen, die ich in der Hölle vorgefunden und mitgenommen hatte. Sie ließen keinen an mich ran.«

»Haben sie dir etwas angetan?«

»Nie. Sie waren nicht böse. Ich wollte sie genauso haben wie sie waren. Sie folgten mir auf Schritt und Tritt. Sie gehorchten mir. Nein, sie waren meine Freunde. Alle diese Monster waren meine Freunde. Sie fragten mich nicht nach dem Warum und dem Wieso. Sie passten auf mich auf. Ich passte auf sie auf. Sie wohnten mit mir gemeinsam in meiner Welt. Es wurde zu unserer Welt. Wir waren zusammen.«

»Und heute?«

»Heute? Ich weiß nicht, es war so real für mich. Sie waren meine Familie. Doch …«, ich zögere, »was wäre, wenn diese Monster mich nie verlassen haben? Was wäre, wenn das Hier und das Jetzt auch bloß Einbildung sind? Auch das *Hier*. Auch das *Jetzt*. Irgendwann habe ich den Weg ins Außen wohl nicht mehr gefunden. Die Mauern waren vielleicht zu hoch. Vielleicht bin ich auf eine Sprengfalle getreten? Vielleicht hatte ich zu sehr Angst und habe immer noch Angst. Ich weiß es nicht. Es ist auch nicht wichtig. Nicht

mehr. Ich verstehe es einfach nicht. Ich verstehe absolut nichts. Nicht, dass ich nicht verstehen wollte. Ich
habe es versucht. Immer und immer wieder wollte ich
verstehen. Und kaum dachte ich, es verstehen zu können, verstand ich überhaupt nichts mehr.«

»Hinter diesen Mauern hast du dich damals sicher
gefühlt?«

»Ja, doch sie schützten mich nicht nur vor den anderen, sie versperrten mir auch die Sicht, doch irgendwann wollte ich wieder sehen. Ich begann ein Haus zu
bauen. Du hättest es sehen sollen.«

»Erzähle mir mehr von dem Haus. War es wie
meines?«

»Nein, es war anders. Irgendwie durchsichtig. Irgendwie kuppelartig. Hier konnte ich sehen, ohne gesehen zu werden. Das Haus war leer. Ohne Möbel.
Nichts Sichtbares. Nicht sichtbar für *die anderen*. Ich
saß einfach nur da und beobachtete, was um mich herum geschah. Ich sah, wer in der Nacht um das Haus
schlich. Menschen, Tiere, Monster. Doch für die Menschen, für sie war ich unsichtbar. In meinem Haus.«

»Was ist dann geschehen? Wo ist das Haus jetzt?«

»Irgendwann wollte ich es nicht mehr. Ich wollte
mich nicht mehr verstecken. Ich wollte gesehen werden, nicht beäugt wie früher. Nicht mehr begutachtet
werden wie ein irrtümlicher Fund. Sie sollten mich
kennenlernen. Ich wollte von nun an gemein sein; böse
sein. Ich schwor mir, ihnen wehzutun, bevor sie auch
nur den Versuch wagen konnten, mich zu verletzen.
Ich wollte immer auf der Hut sein. Immer auf der Lau-
er. Ich wollte ihre Gedanken lesen und sie hinter das

Licht führen, denn hinter dem Licht befand sich mein Zuhause. Ich wollte mit ihnen spielen. Katz und Maus. Mit dem Unterschied, dass ich nunmehr die Katze sein wollte. Ich würde das Raubtier sein.«

»Wem wolltest du wehtun?«

»Sagte ich doch: den anderen. Allen. Ich möchte aber nicht darüber reden. Ich möchte einfach nicht mehr schwach sein. Keine Tränen mehr vergießen.«

»Warum jetzt diese Tränen?«

»Es ist nichts.« Ich wische mir die Tränen aus dem Gesicht. »Das sind keine Tränen, keine echten. Das sind nur Erinnerungen. Doch ich werde mir neue machen. Ich werde mir meine Erinnerungen aussuchen. Niemand wird mir meine Erinnerungen mehr vorschreiben. Ich werde ein anderes Mädchen sein. Ich werde zu einer anderen Frau heranwachsen. Ich lebe in einem schönen, wohlbehüteten Heim. Ich schlafe in einem warmen, weichen Bett. Eine Katze schnurrt neben mir. Ich habe viele Freunde.«

»Ein schönes Leben.«

»Nein, nein, nein. Großer Fehler. Großer Irrtum. Warum sollte es? Warum sollte mein Leben schön sein? Steht das in einem Buch? Habe ich nicht gelesen.«

»Dann schlage ich vor, schreibe dieses Buch. Schreibe dir ein neues Leben. Ein neues Buch.«

»Ja, vielleicht. Hilfst du mir?«

»Nichts anderes mache ich bereits.«

Diejenigen, die bei Tage träumen, sind
sich vieler Dinge bewusst, die jenen
entgehen, die nur bei Nacht träumen.
– Edgar Allan Poe

Nur ein Spiel

Ich bin unruhig. Laufe im Haus auf und ab und möchte meinen Kopf gegen die Wand schlagen. Was geschieht hier? Was passiert mit mir? Öffnet sich das Tor zur Hölle? Wieder einmal? Mein ganz persönliches Tor. Nur für mich - mit meinem Namen darin eingraviert. Ernsthaft überlegt, hätte ich schon längst Anspruch auf ein VIP-Armband. Ja, es ist das Höllentor. Lieben Dank auch. Das Namensschildchen wäre nicht notwendig gewesen. Auch nicht die angebrachten Wegweiser - extra für mich. Ich kenne diesen Weg. Kenne ihn schon sehr lange. Ich bin ihn so viele Male gegangen, finde den Weg sozusagen blind. Ihr braucht mich nicht zu überreden. Ich trete freiwillig ein. Kein Applaus vonnöten. Alles ist gut. Mir geht es gut. Tränen? Ach, das … nein, das sind keine Tränen. Allergie auf das höllische Brennmaterial vielleicht. Ist doch sehr heiß hier. Bedrückend. Hier in der Hölle.

Ich betrete die Hölle aus freien Stücken. Warum? Ich überlege kurz. Ich weiß es nicht. Wir kennen einander schon eine halbe Ewigkeit. Ach, was rede ich, eine ganze Ewigkeit sind wir einander vertraut. Die höllischen Kreaturen heißen mich willkommen. Ich schulde ihnen keine Erklärung. Sie wissen, wie es mir geht. Sie wissen, was zu tun ist. Ich muss nicht reden, mich nicht erklären. Absolut nichts erklären. Keine Rechtfertigungen.

Sie akzeptieren mich – so wie ich bin.

Sie mögen mich – so wie ich bin.

Sie wollen mich – so wie ich bin.

Und ich will sie – so wie ich bin.

Ich darf all meine Masken ablegen. Als wäre ich zu Hause. Es *ist* mein Zuhause. Vielleicht.

Erneutes Herzrasen. Mein Puls steigt. Ich habe keine Kraft mehr, zu spielen. Keine Kraft mehr, einen Menschen zu spielen, der ich nicht bin. Ich wurde nicht zu dem Menschen, den sie haben wollten. Ich will hinausschreien, dass ich nicht mehr kann. Nicht mehr will. Nicht mehr bin.

Ratschläge. Tipps. Wie ich sie hasse. Wie ich es doch hasse, dieses vermeintlich aufmunternde Schulterklopfen, diese verlogenen Lockangebote, *darüber* reden zu können. *Worüber*, frage ich? *Darüber*, bekomme ich als Antwort – *über alles*. Mein Magen rebelliert. Mein ganzer Körper wehrt sich gegen diese Scheinheiligkeit.

»Wir verstehen dich«, sagen die anderen.

Ach ja, ihr versteht mich. Was versteht ihr? Sagt mir, um Himmels willen, was genau ihr versteht! Mich? Welchen Teil von mir? Welchen Teil in mir? Was soll dieser ganze Scheiß? Ich frage nochmals, was von meinem verfickten ICH versteht ihr? Ein Blick in meine Seele, in meinen Kopf und ihr würdet elendig verrecken. Und das Beste an dieser Sache, ihr würdet es nicht verstehen. Wenn Satan persönlich aus der Hölle stiege, euren Kopf abreißen und mit Blut euren Namen schreiben würde, würdet ihr noch mit ihm reden wollen. Ich muss raus. Sofort. Raus aus dem Haus. Jahrelang hatte man mir eingetrichtert, im Hier und Jetzt zu bleiben. Das wäre des Rätsels Lösung. Nein, raus. Weg aus dem Hier und Jetzt. Denn das *Hier* und *Jetzt* ist genau das, was mich umbringt. Kapiert ihr das denn nicht? Verdammt noch mal!

Nebel zieht auf. Ich beginne zu frieren. Kalte Regentropfen berühren mein Gesicht und verwandeln sich dabei in kleine, spitze Nadeln. Ich ziehe die Kapuze über mein Gesicht. Meine nasse Kleidung fühlt sich schwer an. Kommt auf meine Liste: Keine Daunenjacke bei Regen.

Mir ist kalt. Feuchtigkeit dringt unter meine Haut.

Mein Blut, es kühlt ab. Fließt langsamer und langsamer.

Mein Herz, es ist müde. Schlägt langsamer und langsamer.

Warum ich meine Wohnung verlassen habe? Ich habe keinen Schimmer. Keine Erinnerung an das Warum und das Wann. Kurz zuvor. Oder … nein, es war schon etwas länger her. Ich weiß nicht mehr. Irgendwann. Es ist nicht von Bedeutung. Nicht mehr. War es denn jemals wichtig?

Etwas streicht um meine Beine. Ich blicke hinab. Eine kleine Katze schmiegt sich an mich.

»Verschwinde, lauf nach Hause. Jemand vermisst dich ganz schrecklich. Du hast hier nichts zu suchen. Verschwinde von hier!«

Eine alte Straßenlaterne erhascht meine Aufmerksamkeit. Wie tapfer sie doch ist. Mit aller Kraft kämpft sie darum, der Dunkelheit Einhalt zu gebieten. Mutig, diese alte Straßenlaterne. Alles, was sie will, ist, mir die Angst vor der Finsternis zu nehmen. Mich in Sicherheit zu wiegen. Sie leuchtet nur für mich. Sonst ist niemand da. Das Kätzchen ist verschwunden. Ich bin allein. Doch wie könnte sie mir bloß die Angst vor der Dunkelheit nehmen? *Arme Laterne.* Ich lächle. Die Dunkelheit ist doch schon längst ein Teil von mir geworden. Ich bin ein Teil von ihr. Wir sind eins.

Der Nebel wird dichter. Ich habe Schwierigkeiten damit, mehr als nur Umrisse zu erkennen.

Einst klopfte die Dunkelheit an bei mir. Behutsam. Langsam, beinahe zögerlich. Sie blieb lange Zeit unbemerkt. Zunächst. Doch sie war beharrlich. Sie klopfte und klopfte. Nie forsch. Nie böse. Nie gereizt. Nie ungeduldig. Sie hatte alle Zeit der Welt. Sie war da. Schon immer. Schon vor Anbeginn der Zeit; vor allem Anbeginn. Doch sie forderte.

Anfänglich konnte ich das Geräusch nicht einordnen. Nicht zuordnen. Ein Pulsieren. Ein Dröhnen. Ein Pochen. Ein leichtes Hämmern. Allmählich wurde es in meinem Kopf lauter. Das Klopfen wurde eindringlich, fordernder. Es würde keine Anstalten machen zu verschwinden. Klopf. Klopf. Klopf. Immer beharrlicher. Immer entschlossener. Hartnäckiger. Ich wurde wahnsinniger.

»Erkennst du mich nicht? Komm, mach mir auf. Lass mich herein.«

»Wer bist du? Was willst du von mir?«

»Liebes, du weißt, was ich will. Du kannst dich nicht mehr verstecken. Nicht vor mir. Ich finde dich doch immer. Bist du das ewige Verstecken nicht leid?«

»Geh weg, lass mich in Ruhe! Verschwinde einfach!«

»War es denn nicht erfüllend? Für uns beide. Unser Spiel. Niemand hatte je etwas davon erfahren. Es war unser Geheimnis. Dieses geheime Band zwischen uns. Kannst du dich wirklich nicht an mich erinnern? Wir zwei. Eins und Eins. Wir haben ein neues Drittes erschaffen.«

Ich schließe meine Augen. Nein. Ich kann mich nicht erinnern. Ich will mich nicht erinnern. Woran hätte ich mich erinnern sollen? Da gab es keine Erinnerungen in mir, nicht an früher. Da war kein Damals. Nicht an jetzt. Nein, ich will nicht.

Sie nannten mich verrückt, geistesgestört und irre. Ich wurde beäugt, begutachtet und diagnostiziert. Sie gaben mir einen Stempel und nannten es Krisenintervention. Sie fütterten mich mit bunten Pillen; versicherten mir, dass bald alles wieder gut werden würde. Man sei hier, um mir zu helfen. Ich müsse mich mal ausschlafen. Mehr auf mich schauen. Lernen, Nein zu sagen. Lernen, zu reden. Darüber zu reden. Diese Bilder, sie würden bald verschwinden. Es war alles eine Lüge. Sie alle haben mich nur angelogen.

Die Bilder verschwanden nicht. Nur weil sie keiner sehen konnte, waren sie doch stets da gewesen. Wie hätte ich sie ihnen zeigen sollen? Was wollten sie hören? Was sehen? Jene Bilder, die besser im Verborgenen geblieben wären? Bilder, die zu sehen ich auserwählt wurde? Über etwas reden, für das es die richtigen Worte noch zu erfinden galt? Danke fürs Reden. Vielen herzlichen Dank auch. Ich bin gesegnet. Amen und danket dem Herrn.

Ich sehe diese Kreaturen mit ihren abscheulichen Fratzen. Sie verstecken sich im dichten Nebel, während sie ihre hässlichen Grimassen schneiden. Als ob irgendetwas ihre grässlichen Schädel verunstalten könnte. Ihre deformierten Körper sind derart entsetzlich, dass sie beinahe jedes gesunde Herz zum Stehen bringen und es sich mit aller Kraft dagegen wehrt, sich wieder ins Leben zu schlagen. Als zunächst scheinbar ungefährliche Schatten huschten sie um mich herum. Sie berührten meine Schulter, pusteten mir ins Ohr. Sie schubsten mich – ich stolperte. Man ermahnte mich, sorgfältiger auf meinen Weg zu achten. Ich solle auf dem richtigen Weg bleiben. Doch sie schubsten mich wieder und ich fiel wieder. Sie rempelten mich von der Seite an, stießen mir in den Rücken. Ich fiel so oft zu Boden, dass ich schließlich nur eines mehr wollte: liegen bleiben. Meine Kraft schwand. Ich fühlte mich zu erschöpft, um aufzustehen. Ich wollte am Boden liegen bleiben. Ich war müde. Ich wollte nur noch schlafen. Eine ganze Ewigkeit.

Hast du eine Ahnung davon, wovon ich rede? Was ich meine? Wann hast du damit begonnen, dir Fragen zu stellen? Du beginnst zu zweifeln. An allem und jenem, bis der einzige Zweifel deine eigene Existenz ist. Ein Schatten? Es hat sich etwas bewegt. Ganz sicher. Keiner hat es gesehen, nur dir sind die unförmigen Körper hinter dem Vorhang aufgefallen. Doch da ist nichts.

»Reingelegt.«

Manchmal kommen sie mit in dein Zuhause. Ja, auch zu dir. Und wenn es ihnen bei dir gefällt, bleiben sie. Sie fragen nicht. Sie nisten sich in den Ecken deines Zimmers ein. Sieh nach oben zur Decke. In der Ecke vor dir, der Schatten. Sieh genauer hin. Er gleicht einem Umhang, nicht wahr? In der Nacht legt er sich um dich, bedeckt dein Gesicht und stiehlt deinen Atem. Nacht für Nacht. Du ahnst, warum du die Müdigkeit nicht loswirst, sie dich jeden Tag ein Stückchen mehr in die Tiefe der Nacht zieht. Du solltest dich mal ausschlafen, behaupten die anderen. Es grenzt an Hohn. Deine Seele weiß es, doch dein Gehirn mahnt dich zur Vernunft.

Du möchtest sie fangen, willst beweisen, dass du nicht verrückt bist. Sie sind schnell; zu schnell für dich. Sie verstecken sich in deinem Kleiderschrank, unter deinem Bett. In der Nacht legen sie sich zu dir, beobachten dich. Du starrst den Vorhang an. Dahinter bewegt sich etwas. Diesmal bist du dir ganz sicher. Nein, es ist nur der Wind. Es ist immer nur der Wind.

Es hört einfach nicht auf. Du wirkst abgehetzt. Jemand verfolgt dich. Du versuchst, dich mit fadenscheinigen Gründen zu beruhigen. Suchst krampfhaft nach Ausreden, nach logischen Schlussfolgerungen. Zu wenig Schlaf. Zu viel Schlaf. Stress. Probleme. Überforderung. Schimpfst dich einen Narren. Es sind nicht deine Sinne, die dich trügen und dir Streiche spielen.

Sie sind es, die spielen wollen. Sie, jene Kreaturen, die du aus der Schattenwelt mitgenommen hast. Unbemerkt. Ohne es zu ahnen. Sie haben sich an deine Fersen geheftet, du hattest sie im Nacken sitzen und dich gewundert, woher diese Verspannungen kämen. Sie klammerten sich um dich, hingen an deinem Hals und schnürten dir die Luft ab.

Damals. Du kamst völlig erschöpft und verzweifelt von der Arbeit. Deine Kollegen hatte nicht damit aufgehört, dich zu mobben.

Neulich, als du deine Frau mit einem Arbeitskollegen im Bett erwischt hast?

Oder war es an jenem Tag, als der Brief vom Inkassobüro ins Postfach reinflatterte?

Als du deine Kinder geschlagen hast?

Vielleicht schon viele Jahre davor. Als du selbst ein kleines Kind warst und dich dein betrunkener Vater mit seinem Gürtel grün und blau prügelte.

Ist es damals passiert? Hat es sich so zugetragen?

Bis zu jener Nacht, in der sich alles verändert hatte. Bis zu jenem Abend, als sich erneut der Vorhang im Wohnzimmer bewegt hatte.

Bis zu jenem Zeitpunkt wusstest du nichts. Nichts von ihrer Existenz. Nicht von ihrem Wesen. Der Wind? Du weißt, es war nicht der Wind. Betrüge dich nicht selbst. Kein Luftzug. Deine Katze? Ich muss dich enttäuschen, deine Katze war schon längst gestorben. Erinnere dich. Erinnere dich an den Tag ihres Verschwindens. Weißt du noch, wie traurig du warst? Erinnere dich an die vielen vergossenen Tränen. Noch heute stellst du jeden Morgen warme Milch vor die Tür. Fällt es dir wieder ein? Sie haben dich dabei beobachtet. Immer schon. Sie kennen dich. Alles. Deine Seele. Deine Sehnsüchte. Deine Träume. Deine Hoffnungen. Deine Ängste, aber auch deine finsteren Gedanken. Und sie haben etwas, das du nicht hast, nie hattest und nie haben wirst: Zeit. Sehr viel Zeit sogar. Alle Zeiten aller Welten. Und sie warten. Warten auf den richtigen Moment. Auf den Moment, in dem du sie einlädst. Aus freien Stücken. Aus eigenem Willen.

Klingt es beruhigend, zu wissen, dass sie dich nicht zufällig ausgewählt haben? Du hättest ihnen nie entkommen können. Glaube mir, noch bevor deine Maske gefallen war, noch bevor du deine Hände schützend vor dein Gesicht halten konntest, haben sie es schon gesehen: dein Gesicht. Das Gesicht hinter deinen Masken – so zahlreich und verschieden sie auch waren. So sehr du dich auch bemüht hättest, dein Ich zu verstecken. *Dich* zu verstecken. Du hättest sie nicht täuschen können. Niemals.

Sie bestimmten deine Gedanken. Sie geboten über dein Tun und dein Handeln. Sie planten deine nächsten Schritte. Sie sagten dir, was zu tun sei. *Wie* es zu tun sei. Dass nur du es tun konntest. Unmöglich, sie länger zu ignorieren. Unmöglich, sie zu verleugnen.

Schemenhafte Umrisse. Schatten, wo keine sein dürfen.

Ein unbekanntes Geräusch zu oft. Stimmen. Eine bekannte Stimme ruft deinen Namen. Eine vertraute Berührung an deiner Schulter. Du erschauderst. Dein Blut gefriert. Verdammt, da ist keiner. Du glaubst, den Verstand zu verlieren. Ich erlaube mir hier einen Scherz. Deinen Verstand nämlich, den hast du schon längst verloren.

Du hast Angst, einzuschlafen. Du hast Angst, zu träumen. In deinen Träumen kannst du sie sehen. Sie zeigen sich dir in all ihrer Abscheulichkeit. Wehrlos. Erstarrt. Gefangen. Gefesselt von so viel Widerwärtigkeit. Sie spielen mit dir. Sie spielen so gerne. Sie sind wie Kinder. Ihre Eltern beobachteten dich. Ihre verstohlenen Blicke bohrten sich in dich hinein. Deine

Traurigkeit hielten sie für Oberflächlichkeit, deine ruhige Art für Desinteresse. Deinen Wunsch, dazuzugehören, verwechselten sie mit Verzweiflung.

Du warst doch nur ein Kind mit dem Wunsch nach Spielkameraden. Kinder wollen spielen. Sie dürfen spielen. Kinder spielen. Und du warst ein Kind. Ein kleines Mädchen, das auf sein Recht pochte, Kind zu sein.

Doch für die anderen warst du nur Ballast. Eine Last, die sie sich nicht zumuten wollten. Bis zu jenem Zeitpunkt. Dem Zeitpunkt, in dem du dich zum ersten Mal erblickt hast – im Spiegel deiner Seele. Dem Zeitpunkt, als du deine Maske abgelegt hast und du endlich sehen konntest.

Es war der Zeitpunkt, zu dem du gesegnet wurdest. Endlich konntest du *sie* sehen. Sie waren wie du.

Du warst nicht mehr alleine. Du bist wie ich. Wir sind auserwählt.

Ein lautes Krähen reißt mich aus meinen Spinnereien. Auf der Straßenlaterne erkenne ich einen Rabenvogel. Er sitzt und beobachtet mich. Ob er meine Gedanken lesen kann? Das Licht der Straßenlaterne beginnt zu flackern, wird zusehends schwächer.

Es fällt mir wieder ein. Meine Handschuhe, ich habe sie im Flur vergessen. Als ob die Handschuhe etwas ändern würden. An mir. An meinem Leben. An der Kälte, die sich geradewegs durch meine Fingerspitzen frisst.

Eisiger Wind rüttelt mich endgültig wach und zwingt mich in die Gegenwart. Nötigt mich dazu, im

Hier und Jetzt zu bleiben. Ich hasse das Hier und Jetzt. Ich will nicht im Hier bleiben. Nicht jetzt.

Zwischenzeitig hat sich der eisige Regen in weichen Schnee verwandelt. In sanften Schnee, der behutsam auf der Erde landet. Ich setze einen Fuß vor den anderen. Die Schneeschicht wächst schnell. Zu schnell. Wann bloß und wie lange ...? Wo zum Teufel bin ich? Und warum überhaupt schleiche ich durch die kalte Nacht?

Doch zumindest bin ich an der frischen Luft. An der sehr frischen Luft. Eher eiskalten Luft ... es ist viel zu kalt.

»Du musst raus an die frische Luft«, heißt es.

»Du musst mehr unter Menschen«, heißt es.

»Mach die Fenster auf«, heißt es.

»Lass frische Luft rein«, heißt es.

»Schieb die Vorhänge zur Seite«, heißt es.

»Es ist zu dunkel. Da wird jeder verrückt«, heißt es.

»Du bist ganz blass«, heißt es.

Da sind wir nun: die frische Luft und ich. Ohne Sauerstoff kein Leben. Nicht zu vergessen die Bewegung. Denn Bewegung ist wichtig. Bringt den Kreislauf in Schwung. Und da wäre noch die Sache mit den Endorphinen. So kann das ja nichts werden mit meiner guten Laune. Für ein glückliches Leben braucht es augenscheinlich und nachweislich nicht mehr als die Faktoren Luft, Licht und Bewegung. Etwas Liebe womöglich. Etwas Menschen vielleicht. Ich sollte ja auch mehr reden, so sagt man mir. Meine sozialen Kontakte pflegen. Whatever.

Während ich meinen Kopfgeburten nachhänge,

hat die Straßenlaterne vollends ihren Kampf aufgegeben. Kein Licht mehr. Ich blicke nach oben. Kein Mond mehr. Keine Sterne mehr. Keine Bewegung mehr, doch ich habe Luft, die mir jedoch bald die Lunge vereisen wird. Ich stehe da. Es ist finster. Wen kümmert es. Mich auf jeden Fall kümmert es herzlich wenig. Ich trage nämlich Licht in meinem Herzen. Selten so gelacht. Um ehrlich zu sein, so nicke ich mir zu, bin ich ein sehr humorvoller Mensch. Nur geht mein Humor selten mit dem Humor anderer konform. Ich lasse das mal so stehen.

Ich werde mir der Stille bewusst, die mich umgibt. Laut ist es nur in meinem Kopf. Meine Stimmen wollen in die Nacht hinaus, wollen gehört werden. Sie brüllen, grölen, jammern und wimmern um die Wette. Wann ist endlich Ruhe? Seid doch bitte still. Nur einmal. Bitte. Nur einmal möchte ich wissen, wie sich Stille anhört. Wie sie sich anfühlt.

»Hört doch endlich auf!«, schreie ich in die Stille.

Hört auf. Ich bitte euch nur um diesen einen Gefallen. Könnt ihr einmal etwas für mich tun? Ist es denn zu viel verlangt? Nur diese kleine Bitte, diesen klitzekleinen Wunsch dieses klitzekleinen unbedeutenden Menschen.

Ich quäle mich vorwärts. Ich weiß nicht, wohin ich gehen will. Meine Stiefel hinterlassen tiefe Spuren im Schnee. Bald würden diese Abdrücke verschwunden sein.

Der Schneefall wird allmählich dichter. Nichts hindert ihn an seinem Vorhaben. Wenn doch die Spuren auf meiner Seele auch so schnell verschwinden könnten. Wie wäre das? Wie wäre es, wenn sie plötzlich fort wären? Wenn sie nichts weiter wären als eine Ahnung. Eine Ahnung, die sich allmählich im Nichts auflöst.

Meine Seele ist mit Narben übersät. Anders als die Narben auf meinem Körper verblassen sie nicht. Anders als die Narben auf meinem Körper kann ich sie nicht überdecken. Kein Schnellfall der Welt könnte die Narben vergessen lassen. Anders als bei den Narben auf meinem Körper hört der Schmerz nie auf. Es tut so weh. Und so wird mir neuerlich klar, wie sehr ich doch meine Dämonen liebe. Ich entschuldige mich, habt ihr gehört? Hört nicht auf mich. Ich weiß doch nie, was ich will. Ich mag eure Stimmen. Mag es, wenn ihr mit mir redet. Hört bloß nicht damit auf, Schindluder mit mir zu treiben. Spielt mit mir. Ich weiß, was ihr wollt. Ihr seid ehrlich zu mir. In eurer absoluten Scheußlichkeit hintergeht ihr mich nicht. Ihr seid doch nur aus einem Grund hier. Hier bei mir. Und *nur* bei mir. Andere können euch nicht hören. Nicht sehen. Nicht fühlen. Ich bin gesegnet.

Wo seid ihr? Bitte. Es ist so still, ich ertrage es nicht. Ich höre die Stille. Es ist unheimlich. Ich versuche, mich auf die Umgebung zu konzentrieren. Mich abzulenken, doch der dichte Schneefall macht es für mich fast unmöglich, meine Augen offenzuhalten.

Ich bin auf der Hut. Vorsichtig. Angespannt. Irgendetwas ruft nach meiner Aufmerksamkeit. Ich konzentriere mich. Versuche es. Verdammt, meine Konzentrationsfähigkeit ist die einer Eintagsfliege. Nur für einen Augenblick meine Sinne in die gleiche Bahn lenken. Wenigstens für einen kurzen Augenblick.

Das Geräusch dringt näher an mein Ohr. Jetzt höre ich es ganz deutlich. Ein Ächzen. Eingebettet zwischen einem Quietschen und Knarzen. Das Geräusch weckt diffuse Erinnerungen. Ich kenne das Geräusch, kann es jedoch nicht einordnen. Der Ton bewegt sich hin und her. Ein stetiges Auf und Ab. Es gleicht einem Schwingen. Auf und ab. Hin und her. Auf und ab. Hin und her. Ich bin neugierig. Meine angestrengten Versuche, die Herkunft dieser Klänge herauszuhören und einzugrenzen, scheitern. So beschließe ich, nicht zu denken, sondern zu handeln. Ich tu einfach. Ich fange an. Genau hier. Genau jetzt. Wo auch sonst, wenn ich nicht weiß, wo denn der Anfang seinen Beginn hat.

Und das Geräusch ist da. Ich kann es hören. Ich bilde es mir nicht ein. Nicht jedes Geräusch spielt sich nur in meiner Einbildung ab, so wie man es mir oft weismachen will. Nicht jedes Geräusch ist nur in meinem kranken Hirn. Es ist keine Einbildung trotz des Schnees, dessen Eigenart es ist, jegliches Geräusch zu verschlucken und es nur in gedämpfter und überarbeiteter Form wieder auszuspucken.

Die Geräuschquelle muss ganz in der Nähe sein. Es kann nicht mehr weit sein. Ein Schulterzucken später marschiere ich los. Generell müsste ich mich mehr bewegen, wenn ich hier nicht erfrieren will. Wo immer dieses verdammte Hier ist.

Nach ein paar Schritten bleibe ich stehen, versuche erneut, mich zu orientieren. Ich schüttle den Kopf als Bestätigung meines Unvermögens und gehe weiter.

Ich bin mir im Unklaren darüber, ob ich mich hin- oder vom Geräusch fortbewege. Der Ton scheint gleich laut zu sein. Und gleich entfernt. Es ist fast so, als würde ich nicht von der Stelle kommen. Aber das ist unmöglich. Ich sehe zu meinen Füßen hinab. Sie bewegen sich. Nicht schnell, aber sie machen ihr Ding. Irgendetwas packt mich plötzlich am Arm, zerrt an mir. Ich möchte mich losreißen und schaffe es nicht. Dieses Irgendetwas lässt mich nicht los. Es hat sich festgebissen wie eine Zecke. Ich beginne zu laufen, nur um kurz darauf über eine Baumwurzel zu stolpern, mein Gleichgewicht zu verlieren und mit meinen Knien auf dem harten Boden aufzuschlagen. Ich spüre einen kurzen, aber heftigen Schmerz. Nur zögerlich richte ich mich wieder auf. Argwöhnisch sehe ich mich um. Es ist finster. Ich erkenne nichts. Die Umgebung ist kaum auszumachen. Der Schnee bemüht sich zwar nach all seinen Kräften, das wenige einfallende Licht zu reflektieren, doch seine Anstrengungen bleiben vergebens. Ich habe keine Angst, ich bin genervt. Versuche es mit Sachlichkeit. Bäume, herumliegende Äste, tote Zweige … Zweige, die nach mir greifen. Der Ast wäre mir doch ganz bestimmt aufgefallen. Ich schaue nach meinem Arm. Ich fühle den Riss im Jackenärmel. Natürlich, ich dumme Kuh, es konnte nur ein Ast gewesen sein, an dem ich hängen geblieben war. Ich beginne zu lachen. Etwas hysterisch, aber noch nicht dem Wahn verfallen. Wer hat nicht auch schon mal einen Wald vor lauter Bäumen übersehen? Vorausgesetzt natürlich, man sieht zumindest die Bäume, was ja mir offensichtlich nicht gelungen ist. Die Bäume sollten einem

auffallen, noch bevor man mit blutender Nase auf allen Vieren durch den Wald kriecht. Ich bin wütend über meine kaputte Jacke.

»Ein Männlein steht im Walde, ganz still und stumm.«

Ich singe. Mitten im finsteren Wald und mit blutender Nase. Es ist ohnehin niemand da, der mir zuhört. Niemand, der mich auslacht.

Und – seltsam – es ist auch nichts da, was ich hören kann. Ich halte inne, untersage mir zu atmen. Ich höre immer noch nichts. Keine Einbildung. Keine Stimmen. In meinem Kopf ist es leise. Zu leise. Nur das Gefühl einer rollenden Flipperkugel. Ich erinnere mich. Das habe ich mir doch gewünscht. Ja, hatte ich und gut ist.

Langsam fällt es mir wieder ein. Das Geräusch, dieses Quietschen. Ich kann es wieder hören. Und diesmal kann ich sogar die Richtung angeben. Einfach geradeaus. Alles ist immer einfach geradeaus. Irgendwie. Das Quietschen kommt aus der Richtung *irgendwo da vorne*. In Anbetracht dessen, dass links und rechts von mir nichts als undurchdringliche, alles verschlingende Finsternis herrscht, sehe ich dieses *Irgendwodavorne* als die einzig wahre Richtung an. Und siehe da, vor meinen Augen zeichnet sich ein Weg ab. Irgendwie. Irgendwohin. Die Schneekristalle glitzern. Das kann nur Gutes verheißen. Ist doch so. Sternenstaub, Glitzergedöns, Blinkblink und so.

Mir wird warm. Ich öffne die Jacke. Ich mustere den Riss. Gar nicht mehr so tragisch; kann man zunähen. Schulterzucken meinerseits. Mein größter Ärger verfliegt.

Das Geräusch wird bestimmter, beinahe so, als würde es den Platz der Monster in meinem Kopf einnehmen wollen. Nein, du bleibst draußen. Mein Kopf ist reserviert.

Ich schaue gen Himmel. Doch außer einem tiefschwarzen Etwas kann ich noch immer nichts erkennen. Ob dieses tiefschwarze Etwas da oben der Himmel ist? Ob das da oben überhaupt oben ist? Ich weiß es nicht. Es kommt mir eher so vor, als hätte jemand einen riesigen Kochtopf mit einem Deckel geschlossen. Und ich bin die Fleischbeilage.

Licht. Weiter vorne. Immer geradeaus. Ich gehe schneller. Wie eine Motte fühle ich mich davon angezogen. Zumindest für eine Motte geht so etwas nie gut aus. Hastig und von meiner Neugier getrieben, überlege ich nicht länger. Ich schwitze. Ich ziehe meine Jacke aus und werfe sie auf den Boden. Auf dem Retourweg werde ich sie einfach wieder mitnehmen. So einfach. So pragmatisch. So logisch. Staune über mich selbst. Niemand erwähnte bis dato Logik und mich in einem Atemzug. Rückweg? Wie lange dauert überhaupt noch der Hinweg? Hinweg wohin?

Mein ganzer Körper ist angespannt. Ich bin aufgeregt. Der Schnee glitzert und funkelt gleich einer Showbühne. Ich befinde mich auf der Showtreppe. Ich bin der Star. Der Star im Kochtopf. Allerdings würde niemand kommen, um mich rauszuholen.

»Schluss jetzt!«, ermahne ich mich selbst. Keine Stimmen im Kopf hindern mich wohl auch nicht daran, sinnbefreiten Mist zu denken. Nimmt wohl kein Ende. Und wenn es jemals doch ein Ende nimmt, dann wohl ein schlimmes. In Gedanken versunken reist man am schnellsten. Nicht immer am sichersten, aber schnell.

Ich befinde mich inmitten einer großen Lichtung, klar abgegrenzt von der restlichen Umgebung. Als hätte jemand mit einem großen Pinsel einen dicken Balken um die Lichtung gemalt und eine Mauer hochgezogen. Ich inspiziere die Mauer. Eine sehr große Mauer – eine sehr hohe Mauer, reicht zumindest bis zum schwarzen Etwas *da oben*. Hinter der Mauer scheint sich dieses pechschwarze Etwas fortzusetzen. Nur hier, innerhalb der Mauern, ist es hell. Meine Augen gewöhnen sich allmählich an das grelle Licht. Mir wird warm. Leidenschaftslos halte ich nach Halogenscheinwerfern Ausschau. Hirnrissige Idee. Selbstverständlich ist es hirnrissig und nicht mal eine Idee. Logisch. Wer würde schon ein Spielfeld hierher bauen? Mit einer Mauer. Drumherum. Mitten im … mitten im Wald.

Das Quietschen. Ich habe es für kurze Zeit vergessen. Nun fordert es wieder meine Sinne heraus. Es ist heiß. Ich ziehe meinen Pullover aus.

Da ist es! Nur wenige Schritte vor mir. Ich hätte davon Notiz nehmen sollen. Als Kind habe ich gern geschaukelt. Auf genau so einer Schaukel, die vor mir steht. Denke sogar, es war ganz genau dieselbe Schaukel. Ich bin auf ihr geschaukelt. Wollte höher und höher. Ich wollte fliegen. Höher und höher. Wollte weit weg sein. Weit weg vom Hier und vom Jetzt. Ich wische mir mit der Hand über die Augen. Mehr ist es nicht als das konstante Auf und Ab einer Schaukel, mittels zwei Karabinern an einem alten, verrosteten Eisengerüst gehalten. Sie bewegt sich – so wie es Schaukeln nun mal tun. Sie quietscht – so wie es Schaukeln nun mal tun. Was hatte ich erwartet?

Im Prinzip ein ganz normales Bild. Eine Schaukel, die im Wind schaukelt. Zugegeben, eine leere Schaukel. Zugegeben, es geht kein Wind. Inmitten einer Waldlichtung. Umgeben von einer hohen Mauer, die bis zum schwarzen Etwas *da oben* reicht.

Nur, etwas stimmt ganz und gar nicht mit diesem Bild. Etwas stimmt nicht an diesem Ort.

Etwas stimmt nicht mit den Spuren, die zur Schaukel führen.

Etwas stimmt ganz und gar nicht mit diesen kleinen Fußspuren. Es müssten Spuren von Kinderfüßen sein. Die winzigen Zehen hinterlassen deutliche Abdrücke.

Erwähnte ich bereits, dass niemand auf der Schaukel sitzt? Zumindest sehe ich niemanden, zu dem die Fußspuren im Schnee gehören könnten.

Ich bin gebannt, doch möchte ich dieser Situation entkommen und weiche ein paar Schritte zurück. Ich will es nicht wahrhaben. Was ist das für ein fieses Spiel?

Ich will diese Wirklichkeit nicht – sehne mich nach meiner zurück. Diese andere hier – vor mir – um mich – sie macht mir Angst. Meine Stimmen, bitte, nehmt es mir nicht übel. Das von vorhin. Bitte, redet mit mir. Das alles hier kann nicht wirklich sein.

Die Schaukel. Sie hat aufgehört, auf- und abzuschwingen. Ein eisiger Luftzug – klar abgegrenzt von der übrigen Kälte – schlägt mir förmlich ins Gesicht. Ich schreie auf vor Schmerz, schließe die Augen und bedecke mit den Handflächen mein brennendes Gesicht. Ein dumpfes Geräusch vor mir, ein Aufprall. Ich blinzle zwischen meinen Fingern hervor. Die Schaukel schwingt hoch durch die Luft und wirbelt ein paar Male um das Tragewerk.

Ich fühle, wie sich etwas über mich beugt. Ein Körper. Eine kleine Gestalt, die die Umrisse eines kleinen Kindes annimmt. Es hat langes dunkles Haar. Die Augen – noch unkenntlich, als wäre ein Künstler noch nicht mit seiner Arbeit beschäftigt. Ich sehe seine Augen nicht, nicht mehr als zwei dunkle Knöpfe stecken in den Augenhöhlen. Doch ohne Zweifel steht vor mir ein kleines Mädchen. Seine Haut schimmert milchig weiß. Es haucht mich an, bläst mir immer energischer ins Gesicht. Ein Gefühl wie unzählige Nadelspitzen in meiner Haut. Genau so müssten sich Eisblumen anfühlen. Ich taste mein Gesicht ab. Das Kind packt mich an den Handgelenken und zieht meine Arme an den Seiten herunter. Sein Griff gleicht einer schweren Kette, die sich allmählich zuzieht. Mit seinen Fingern streicht es nun über mein Gesicht. Seltsamerweise weckt diese Geste ein Gefühl von Vertrautheit in mir. Ich spüre Zärtlichkeit in seinen Handbewegungen. Das Mädchen beginnt zu lachen. Es klingt amüsiert, während es sich mit einem frechen Kichern von mir abwendet, nur um zurückzukommen und mich daraufhin anzustupsen. Es zieht an meinen Haaren, umrundet mich und pustet mir kalten Atem ins Ohr. Kann so ein Wesen atmen? Braucht es Luft, um zu leben? Lebt es, dieses Mädchen? Dieses Mädchen mit milchig weißer Haut und schwarzen Haaren. Dieses Mädchen ohne Augen. Sein kleiner roter Mund ist jedoch deutlich auszumachen. Dieses Mädchen ohne Schuhe. Dieses Mädchen, schaukelnd, im weißen Nachthemd. Hier, auf einer Lichtung. Im finsteren Wald. Das passiert schon mal, nicht wahr? Tut es doch? Antwortet mir doch.

Mein ganzer Körper fängt nun an zu zittern. Meine Zähne klappern. Ich berühre mein Gesicht. Nein, keine Eisblumen. Gekrümmt und mit verschränkten Armen hocke ich mich auf den Boden und versuche so, allfällige Restwärme meines Körpers festzuhalten.

Hier doof kauernd wird wirklich helfen. Wobei auch immer. Ich ziehe meinen imaginären Hut vor mir. Hut ab, denn Mütze trage ich keine mehr, habe sie irgendwo auf dem Weg nach Nirgendwo liegen lassen. Irgendwie blöd. Irgendwie sehr blöd.

Ich muss mal und langsam bekomme ich Hunger. Meckern auf hohem Niveau. Menschen in Filmen müssen nie aufs Klo. Außer in lustigen Filmen vielleicht. Und meine Situation hier ist weder lustig noch ein Film. Ein Gefühl in mir, als wäre ich zugedröhnt. Vor meinem geistigen Auge springt ein kleines Mädchen fröhlich im Schnee umher, schlägt Purzelbäume und Rad. Geistiges Auge? Warum nicht zwei geistige Augen? Oder zwei schwarze Augenhöhlen?

Ich kann sehen, wie es abwechselnd in der Schaukel wippt und im Zickzack die Lichtung durchläuft. In immer kürzeren Abständen greift es nach meinen Haaren und kneift mich anschließend in die Nase.

Zwischenzeitig hat es aufgehört zu schneien. Mein Blick nach oben beweist, dass sogar die Sterne mutig geworden sind und mit den glänzenden Schneekristallen um die Wette funkeln. Den Mond kann ich jedoch nicht erkennen, doch die Sterne bieten ausreichend Licht. Genug Licht, um die milchig weiße Erscheinung nun endgültig als junges Mädchen zu klassifizieren. Ihrer anfänglich fast durchsichtigen Gestalt gelang die Metamorphose zu einer fast einwandfreien Kopie eines physischen Körpers. Doch noch immer sind ihre Augen nicht mehr als eine Andeutung. Die Nase wirkt wie talentlos mit Ton geformt.

Könnte jemand bitte irgendwie diese verfickten Halogenlampen ausschalten? Wäre es möglich, das Licht etwas zu dämpfen? Irgendwas in der Richtung. Wären Kerzen eine Option? Dieses seltsame Was-weiß-ich-Licht braucht kein Mensch. Ich spähe nochmals nach der Lichtquelle, doch ich kann nichts Dahingehendes erkennen. Keine Beleuchtung, die dieses Stadiongefühl erklären könnte. Es ist einfach nur scheißhell und dieses Scheißlicht tut verdammt noch mal meinen Augen weh.

Das Mädchen, wo ist es hin? Beachte ich es zu wenig, während ich stetig meinem Gedankenlabyrinth verfalle? Ein Kichern hinter mir. Ich bin beruhigt, dass das Mädchen noch da ist. Ich könnte es mir nie verzeihen, wenn ihm etwas zustieße, nur weil ich ihm zu wenig Beachtung schenke. Man muss sich um Kinder kümmern, auf sie aufpassen. Sie wohlbehüten, damit ihnen nichts Schreckliches passiert. Man beschützt Kinder.

Ich will nicht, dass ihm etwas passiert. Genauso wenig will ich aber, dass es mich allein lässt. Das Mädchen ist gerade alles, was ich habe. Alles, was mich davor beschützt, vollends den Verstand zu verlieren.

Ich pass auf dich auf, Kleine. Komm, lass uns spielen.

In meinen Ohren erklingt ein altes Kinderlied.

> *Brüderchen, komm tanz mit mir*
> *Beide Hände reich' ich dir*
> *Einmal hin, einmal her*
> *Rundherum, das ist nicht schwer*
> *Noch einmal das schöne Spiel*
> *Weil es mir so gut gefiel ...*

»Mit dir spielen? Niemand will mit dir spielen. Schau, wie viele Puppen ich habe. Magst du sie sehen? Ich habe so viele davon.«

Ich möchte antworten, doch ich bin mir nicht sicher, wem ich antworten soll. Spricht das Mädchen mit mir? Sind meine Stimmen zurückgekehrt?

»So antworte mir doch, oder magst du meine Puppen etwa nicht? Magst du *mich* nicht?«

Es muss Einbildung sein. In Wahrheit liege ich in der geschlossenen Psychiatrie, ruhiggestellt. Sediert. Womöglich sind es die falschen Medikamente. Oder zu wenige. Neurosen? Ein psychotischer Schub? Nein, es passiert. Es passiert hier. Es passiert jetzt. Das alles ist real. Für mich. Das ist meine Wirklichkeit. Mein tolles Hier und mein noch tolleres Jetzt. Ob das nun Gutes oder Schlechtes verheißt, sei dahingestellt. Wo Dunkelheit, da auch kein Licht. Oder anders ausgedrückt: Wenn Scheiße, dann richtig.

»Ach komm, ich zeige dir meine Puppen. Du darfst dir eine aussuchen. Du darfst sogar meine Lieblingspuppe haben. Lass uns spielen.«

Kinder sind doch alle gleich. Wenn sie sich etwas in den Kopf gesetzt haben, bleiben sie hartnäckig an dieser Sache dran.

Ohne meine Antwort abzuwarten, zieht es mich an der rechten Hand hoch und zieht mich quer durch die Lichtung. Es ist sehr stark für so ein zartes Wesen. Wir bleiben vor einem großen verriegelten Eisentor stehen. Ich massiere über meinen rechten Arm. Ganz schön grob, wie es mit mir umspringt. Das Mädchen zerrt an meiner linken Hand und deutet mir, nach oben zu blicken. Ich folge seiner Anweisung und bin verwirrt. Die Mauer vor uns ist doch sehr hoch. Bin nicht so gut im Schätzen, würde sagen, so an die unzählige Meter hoch. Nein, da klettere ich nicht rüber. Wie denn bitte schön? Ich kann auch nicht einfach durch die Mauer gehen. Bin ja kein Geist. Bin nicht tot. Noch nicht. Nehme ich mal an, oder doch?

Das Mädchen zieht wiederholt und eindringlich an meinem Ärmel. Obwohl genervt von meiner Hilflosigkeit, versuche ich konzentriert zu wirken und es gelingt mir, einen Türknauf auszumachen.

»Okay, okay, ich verstehe.«

Der alte, schwere Türgriff lässt sich nur mit immenser Kraftanstrengung herunterdrücken. Mein rechter Arm schmerzt noch von dem Sturz, den ich mir zugezogen hatte. Ich stemme mich unter größter Anstrengung gegen das schwere Tor. Es öffnet sich, ächzend und unter großem Widerstand. Zwar nur einen Spalt weit, aber ausreichend, um hindurchzuschlüpfen.

Ich sehe mich um. Schön hier. Es ist still hier. Diffuses Licht dringt aus einer wohl nicht minder diffusen Lichtquelle. Kein Schnee. Keine Kälte, auch keine Wärme. Es ist einfach … irgendwie ist einfach Wetter. Ich bekomme es nichtsdestotrotz mit der Angst zu tun, ein erster Flügelschlag von Panik. Ich drehe mich hastig zum Tor. Will zurück. Raus. Alles in mir mahnt mich, zu verschwinden. Das Wohin ist egal. Nur weg von hier. Und zwar schnell. Das Mädchen stellt sich zwischen mich und das Tor. Es schließt mit einer schier dreisten Leichtigkeit.

»Du gehst jetzt nicht weg. Nicht wieder. Du bleibst da, hier bei mir. Wir können jetzt für immer zusammen sein und spielen. Das willst du doch!« Während es spricht, stemmt es seine Hände in die Hüften.

Ich nicke. Ich weiß, es ist schmerzlich, verlassen zu werden. Das kann ich diesem Kind nicht antun. Ich weiß, wie Alleinsein sich anfühlt. Einsamkeit. Ich weiß, was sie mit einem macht. Ich weiß, wie es ist, wenn die Plastikpuppen zum Leben erwachen. Wenn ein Traum zum Albtraum wird. *Meinem* Albtraum. Wie es sich anfühlt, wenn ein Albtraum zum Leben erwacht. *Meinem* Leben.

Ich kneife die Augen zusammen und warte. So richtig wollen sie sich nicht an die neuen Lichtverhältnisse gewöhnen. Nur schemenhaft kann ich ein paar Dinge ausmachen, jedoch muss ich fairerweise sagen, dass es hier nicht viel gibt, was es wert wäre, näher betrachtet zu werden. Nichts zieht meine Aufmerksamkeit auf sich. Knorrige Bäume. Lange, dürre Äste strecken sich nach oben, als wollten sie den Himmel erreichen. Als suchten sie nach Halt. Manche haben längst aufgegeben und liegen nunmehr als morscher Abfall unter meinen Füßen.

Die Natur ist unbarmherzig. So gnädig sie sich auch manchmal zeigt, bestraft sie doch jede noch so kleine Schwäche. Man sollte immer stark sein. Ich muss stark sein. Tränen machen mich angreifbar. Tränen machen mich schwach. Tränen sind nicht gut. Tränen sind böse. Eine Träne verirrt sich auf meiner Wange. Ich schmecke ihr Salz. Weg mit dir, du kleine salzige Träne. Du hast hier nichts verloren. Nicht bei mir.

Ich wage mich ein paar Schritte vorwärts. Vor mir liegt ein aufgeschütteter Erdhaufen. Ich bücke mich und greife nach der Erde. Frische Erde rieselt zwischen meinen Fingern. Ich greife nach mehr. Ich mag den Geruch von frischer Erde. Wo ist das kleine Mädchen schon wieder hin? Es wird sich noch verlaufen. Es darf nicht allein draußen im Dunkeln spielen. Es könnte hinfallen und sich ein Bein brechen. Ich stehe aufrecht und nehme die vielen anderen Erdhügel wahr. Scheinbar wahllos aufgeschüttet. Ohne erkennbares Muster. Ohne Ziel. Einfach in der Landschaft verstreut.

»Komm! Komm schnell, aber sei leise.«

Ich sehe mich um, suche verzweifelt nach kleinen Fußabdrücken auf der Erde. Wo steckt es bloß?

»Wo bist du?«

»Hier unten. Bitte beeile dich.«

Unten, wo unten? Scheiße. Gehetzt erkunde ich das, was mich umgibt, versuche Muster in der Nacht wahrzunehmen. Ich kann nichts erkennen, steige auf den Erdhaufen vor mir, verliere den Halt und falle. Ich falle tief und lande auf harter, feuchter Erde. Ein leicht modriger Geruch steigt mir in die Nase. Aber natürlich, wieso denke ich nicht mit, das ist so typisch für mich? Alles hat ein Muster. Alles in der Natur wiederholt sich. Nichts gebührt dem Zufall.

»Sei leise! Ganz still! Dann hören sie dich nicht.«

»Aber …«

»Du musst mir vertrauen. Ich lasse dich nicht alleine. Ich bin nicht wie du. Du hast es damals getan und mich in Stich gelassen. Hast du darum Angst?«

»Ich kenne dich doch gar nicht. Ich fürchte mich nicht«, lüge ich.

»Papperlapapp, natürlich kennst du mich. Du hast die Erinnerung an mich bloß verdrängt. Mich hast du aus deinem Leben verdrängt. Du wolltest nichts mehr von mir wissen. Ich hingegen habe dich nie vergessen, doch ich wusste, eines Tages, eines Nachts würdest du zu mir zurückkommen. Aus freien Stücken. Aus freiem Willen.«

»Bitte, sag mir, wer du bist.«

»Das tut mir weh. Wir könnten aber ein Spiel spielen, damit du dich wieder erinnerst. An mich und an meinen Namen. Was hältst du davon? Wir spielen unser altes Spiel. Vielleicht hilft dir das auf die Sprünge.«

»Ich verstehe dich nicht.«

»Sei leise, ich muss kurz etwas nachsehen. Wir spielen aber, sobald ich wieder zurück bin. Versprochen. Großes Ehrenwort. Du bleibst solange hier und wartest. Wenn du *die anderen* hörst, mach einfach deine Augen zu. Sie können dich dann nicht sehen.«

»Aber, wenn sie mich doch sehen?«

»Das werden sie nicht. Erinnere dich an das kleine Kind, das du mal warst, und schließe ganz einfach deine Augen. Ganz fest. So bist du sicher. Du kannst dich doch noch daran erinnern, oder? Hast du mir das nicht immer vorgesagt? Ich war so dumm und habe es geglaubt. Ich habe an dich geglaubt. Damals.«

Das Mädchen reißt an meinen Haaren. »Du musst unbedingt etwas mit deinen Haaren tun. Sieht furchtbar aus.«

Leider habe ich keine Haarbürste mit. Sie hat recht, ich sehe grauenhaft aus.

Ich sehne mich nach meinen Stimmen. Nach den Stimmen in meinem Kopf, ich möchte nicht mehr das Mädchen hören. Es macht mir Angst.

»Du wolltest es doch so. Einfach nur egoistisch. Du hast uns weggeschickt. Sieh dich um, in welche Situation du dich gebracht hast. Erkennst du, wo du gelandet bist? Ohne uns bist du nichts. Ohne uns läufst du auf Irrwegen herum; irgendwelchen Trugbildern hinterher. Verlierst die Spur. Wir gratulieren dir ganz herzlich. Hast den falschen Weg eingeschlagen. Applaus. Wir waren dir wohl nicht gut genug. Du hast uns enttäuscht. Und jetzt? Was machen wir jetzt mit dir? Was machst du jetzt ohne uns?«

Ja, das habe ich. Das ist alles wahr. Es tut mir leid. Ich enttäusche immer alle.

»Du hintergehst diejenigen, die dir Gutes wollen.

Diejenigen, die für dich da sind. Du enttäuschst uns.«

»Ich bin falsch und habe es nicht besser verdient. Ich habe es verdient, hier in dieser kalten und feuchten Grube zu sitzen. Es gibt keinen geeigneteren Platz für mich. Ich werde hier sitzen und warten.«

»Warten worauf? Auf das kleine, bloßfüßige Mädchen? Warum ist es wohl weggerannt? Warum hat es dich verlassen? Wovor ist es weggelaufen? Wovor solltest du dich verstecken? Wer sind diese anderen?«

Es hat alles keinen Sinn. Ich bin ein furchtbarer Mensch.

Ich lehne mich zurück. Die Wand ist kalt. Mir ist kalt. Ein kleiner Zweig fällt von oben herab. Ich greife nach ihm. Meine Finger gehorchen nur widerwillig. Mit meinen Fingernägeln ritze ich Muster in die Erde. Immer tiefere Linien. Auf den ersten Blick ohne System. Auch auf den zweiten ist kein System auszumachen. Ich grabe weiter mit meinen Fingern. Ich zeichne Linien, male Muster in der Erde. Ich lache laut auf. Mein System, ich habe es wieder. Die kleinen Vier- und Dreiecke finden alle zusammen. Sie sind alle zu Hause. Es passiert. Alles hat ein System. Alles ist eins. Alles ist drei. Eine Einheit. Allein und voneinander getrennt ergeben sie keinen Sinn, sind allein und hilflos. Doch zusammen sind sie schön. Alle zusammen sind unbesiegbar.

Es beginnt zu regnen. Passt doch wie Arsch auf Eimer. Ein kaltes, nasses Grab also. Je länger ich in dieser nassen Grube kauere, desto mehr bin ich davon überzeugt. Natürlich. Das ist es. Augen auf! Augen auf! Es ist ein Grab. Ich sitze in einem offenen Grab.

Ich sitze hier und warte. Auf den Tod, der mich alsbald holen wird. Ich hoffe, er ist gnädig. Wenn es so weiterregnet, kann ich auch als Wasserleiche durchgehen. Wie lange ich hier schon sitze, weiß ich nicht mehr. Längst spüre ich meine Beine und Arme nicht mehr. Noch immer warte ich. Brav. Ängstlich. Gehorsam. Ich warte auf das Mädchen. Ich warte auf *die anderen*. Ich warte auf den Tod. Ich versuche, die Regentropfen mit meinen Handflächen aufzufangen, doch sie sind schneller als ich. Meine Arme sind schwer, meine Finger klamm.

Ich sollte aufstehen und versuchen, aus meinem Grab zu klettern. Und dann? Das Tor finden, die helle Lichtung mit der Schaukel, den Weg, meine Jacke, die Straßenlaterne ... das Kind. Ja, das kleine Mädchen. Es wird nicht wiederkommen.

Oder ... ich weiß nicht ... ich sollte ... ich finde, ich sollte mir die Haare kämmen. Ja, das ist eine gute Idee. Oder soll ich sie abschneiden? Gleich morgen. Erde rieselt auf meinen Kopf. Nasse Erde klebt auf meinen nassen Haaren. Fürwahr ein fürchterlich nasser Anblick. Vor mir wegzulaufen ist die einzige verständliche Reaktion. Hast du gut gemacht, mein Mädchen. Erneut rieselt Erde auf mich herab. Kontinuierlich. Auf meine Schultern. Auf meine Beine. Doch rühre mich nicht. Ich sitze. Ich warte. Mit meinem nassen, unfrisierten und verdreckten Haar.

»Habe es gefunden.«

Ich will nach oben blicken, doch mein Kopf bewegt sich nicht.

»Habe es gefunden. Unser kleines Kätzchen. Kannst du dich noch erinnern? Es ist damals weggelaufen. Ich habe es wieder.«

»Hilf mir bitte.«

»Hast du nicht zugehört? Ich habe unser Kätzchen wieder.«

»Doch, aber … bitte …«

»Habe ich dir nicht versprochen, dass ich zurückkomme? Versprochen ist versprochen und wird nicht gebrochen. Nicht wahr? Hast du doch gesagt. Damals.«

»Ja, und ich habe wirklich versucht …«

»Was gab es da zu versuchen? Du hast mich nur angelogen, du hast jedes deiner Versprechen gebrochen. Bist gegangen, hast mich zurückgelassen, mich einfach allein gelassen. Du hast mich einfach vergessen. Ich habe gewartet.«

»Ich wollte nicht, dass *die anderen* von dir erfahren. Es tut mir leid. Ich habe dich nicht beschützt.«

»Du hast dich für mich geschämt. Hast mich versteckt vor *den anderen*. Du hast mich verneint vor *den anderen*.«

»Ich wollte uns doch nur … ich wollte uns beschützen.«

»Du hast mich allein gelassen. Du wolltest mir nicht helfen, unser Kätzchen zu finden. Du hast uns beide zurückgelassen.«

Erde bedeckt nun vollends meine Beine. Ich will schreien. Ich will raus. Kann mich nicht bewegen. Ich funktioniere nicht.

Ich muss aber funktionieren. Nur so funktioniert

es. Funktioniere, verdammt. Funktioniere.

Immer mehr Erde bedeckt meinen Körper. Ich kann nichts tun, außer zuzusehen, wie ich lebendig darunter begraben werde. Ich bekomme keine Luft mehr. Ich will atmen. Mehr nicht.

»Lebendig?« Ich höre das Mädchen kichern.

Ein Rabe, er fliegt unter lautem Gekrächze davon. Es ist das Letzte, an das ich mich erinnere.

Noch einmal das schöne Spiel
Weil es uns so gut gefiel
Einmal hin, einmal her
Ringsherum, das ist nicht schwer
– Engelbert Humperdinck

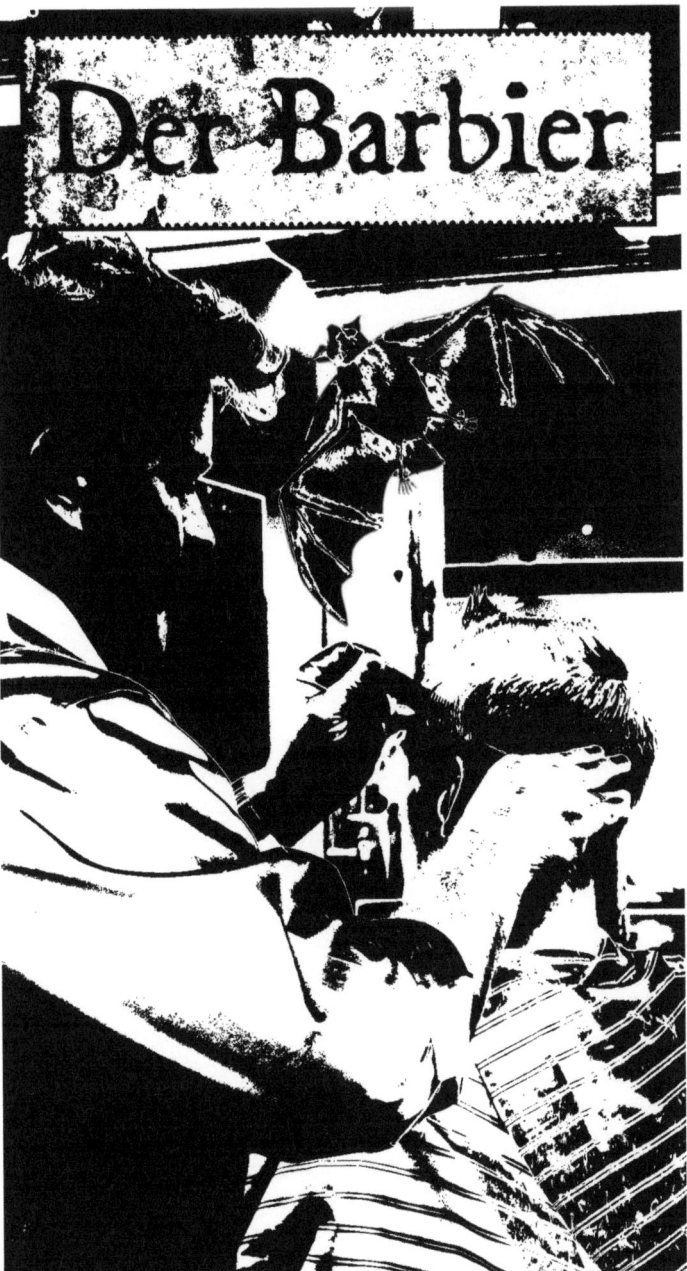

Der Barbier

Es gab gute Spiegel. Es gab böse Spiegel. Ich für meinen Teil habe mich vor langer Zeit dazu entschlossen, sämtliche Spiegel aus meinen Gemächern zu verbannen. Die guten wie auch die bösen.

Nun, wenn Sie den Blick auf mich richten, fällt Ihnen gewiss mein gut gepflegter Schnäuzer auf, mein gelockter Backenbart hingegen ist am gestrigen Tage dem Rasiermesser meines Barbiers zum Opfer gefallen. Doch hätten Sie mein Barthaar am Vortag noch sehen können, so wüssten Sie von seiner präzisen Linienführung, Sie wären voll der Bewunderung seiner exakten Bartkanten gegenüber. Ganz gewiss.

Bei Gelegenheit lasse ich Sie gerne wissen, wie auch Sie in den Genuss der Kunstfertigkeiten meines Bartschneiders kommen können. Sie merken schon, ich bin voll des Lobes. In einer unserer wenigen Konversationen weihte er mich dahingehend ein, dass seine Familie bereits seit Generationen dieses Handwerk beherrschte und es darin zu höchster Fertigkeit, ja bis zur perfekten Vollendung brachte, sie sogar Könige und Kaiser zu ihren Kunden gezählt hatte. Über die Geheimnisse der Herrscherhäuser, die sie dabei erworben hatte, war in seiner Familie stets Stillschweigen bewahrt worden. Und auch für ihn galt absolutes Stillschweigen seinen Kunden gegenüber als oberste Prämisse. Dementsprechend legte ich bereitwillig mein Leben in seine Hände und meine Kehle drückte vertrauensvoll gegen das Rasiermesser. Er war ein Meister seines Fachs, flink, geschwind, zuvorkommend ohne die mir so verhasste Unart der Schmeichelei. Außer der bereits erwähnten Konversation beschränkten sich unsere Dialoge auf rein Banales. Wir thematisierten das Wetter, besprachen kurz die wichtigsten Schlagzeilen der vergangenen Tage und einigten uns stets darauf, dass früher alles besser gewesen war und es der heutigen Jugend an Respekt und Manieren mangle. Wie ich Sie bereits wissen ließ, war meinem Barbier die Diskretion von höchster Wichtigkeit und so war ich mir meiner Sache gänzlich sicher. Wohl oder übel führte kein Weg daran vorbei, ihn von meiner Abneigung gegen Spiegel in Kenntnis zu setzen. Er fragte nicht nach dem Grund meiner festen Aversie gegenüber dieser Art reflektierender Glasflächen oder nach der Art und Weise etwaiger weiterer Eigenarten. Er zeigte sich nie verblüfft noch las ich jemals eine Spur der Verwunderung in seinen Augen. Nein, zu meinem Erstaunen verschwand er nach meiner Offenbarung im Nebenraum, nur um schon kurz darauf mit einem Stoß Leintüchern in seinen Händen wiederzukommen. Er zeigte sich besonders gewissenhaft und sorgfältig bei der Ausübung meiner Bitte und sogar den kleinsten Spiegel, der mir unerkannt blieb, verstaute er gewissenhaft in einer Lade mit diversem Barbierwerkzeug. Ich muss gestehen, etwas unangenehm war mir bei der Sache schon, als er mit einer gottabfälligen Leichtigkeit mit breiten Beinen sich vor meinen sitzenden Körper aufstellte, um mein Gesicht zu mustern. Natürlich, musste er. Daran ging kein Weg vorbei. Einem Blinden hätte ich wohl nie mein Leben anvertraut. Die Gleichmäßigkeit meiner Augenbrauen und die Formschönheit meines Bartwuchses sollten keinen Deut unter meiner sonderbaren Verrücktheit leiden. Zu meinem Leidwesen glich es eher einem Übersichergehenlassen als einer Freude. Von Mal zu Mal begann sich daraus eine für mich qualvollere Prozedur zu entwickeln. Ich verspürte den Atem des Barbiers im Gesicht nicht minder unangenehm als den kalten Hauch des Todes in meinem Nacken, der sich vor ewig langer Zeit in mir eingebrannt hatte. Der Geruch der Fäulnis ließ mich an die Grenzen zur Widerwärtigkeit stoßen. Es lag nicht etwa an der mangelnden Zahnhygiene meines Bartschneiders. Das Gegenteil war der Fall, sein Gebiss war offenkundig makellos. Während er angespannt mit seiner Arbeit zugegen war, fuhr er sich fortwährend mit der Zunge über seine Zähne, dabei begann sich in seinen Mundwinkeln zunächst zaghaft Speichel zu sammeln. Ich konnte das Pochen hinter seinen Schläfen dabei beobachten, wie es an Intensität zunahm. Die Ader auf seiner Stirn stach nun merkbar heraus. Sein Atem verlief in kurzen Abständen. Zweifelsfrei hatte diese Szenerie etwas Animalisches. Sie erinnerte mich an ein großes Raubtier, das tollwütig seine Zähne fletschte. Ein Tier, dem es kaum gelang, seinen niederen Instinkten zu entkommen mit dem Wissen, dass, würde er seine Reißzähne in den Hals seines wehrlosen Opfers stoßen, auch sein letztes Stünden geschlagen hätte. Doch ich konnte daran nichts Erschreckendes finden. Es gab Raubtiere und es gab Beutetiere. Keiner konnte das für sich selbst entscheiden. Sie erinnern sich meiner eingangs erwähnten Worte über die guten und die bösen Spiegel? So war das System. So ist es seit jeher gewesen und nichts und niemand konnte daran etwas ändern. Es funktionierte. Niemand sprach je davon, dass es ein gutes System war oder es sich gar um das beste System von allen Welten handle. Es hatte schließlich nur eine Aufgabe: zu funktionieren. Und das tat es. Im Rahmen der systematischen Funktion. Doch ich war schlau genug, mein eigenes System jenem Gegenständlichen vorzuziehen, ohne dass eines der beiden auseinanderfiel. Der Erfüllung meines Wunsches nach einer Abgrenzung von der herrschenden Welt ohne die sichtbare Barriere einer Grenze galt seit jeher mein Bestreben. Natürlich war mir klar, dass niemand diesem übermächtigen System entkommen konnte, an Flucht hatte ich niemals auch nur einen Gedanken verschwendet. Flucht galt schon vor Beginn der Planung als gescheitert. Zu groß und zu stark waren die Tentakel des überall Herrschenden. Daher galt es mit Schläue und List Lücken im System auszuloten. Seine Aversion mit Anpassung zu spiegeln. Mein böser Spiegel sollte zu ihrem guten Spiegel werden und im Zuge dessen wurde ich ein Meister im Vorspielen falscher Tatsachen. Und so trieb ich in verräterischer Absicht in beiden Welten mein Unwesen, während ich nach außen hin den Anschein erweckte, als ein Teil des Systems zu fungieren. Das System war von erbarmungsloser Natur. Schon sein geringster Verdacht, die noch diffusere Ahnung eines aus der Norm fallenden Rädchens. Eines Teiles, das sich weigerte, gleichsam mit anderen zu funktionieren, der Unwille eines Wasser-

tropfens, der nicht mit seinesgleichen eine Pfütze bildete, allein ein Umstand dieser Art führte dazu, sich der Abtrünnigen zu entledigen. Solch undankbarer Natur wurde man nicht etwa verstoßen, sondern mit Haut und Haar verschluckt und als breiiges durchgekautes Etwas wieder dem System zugeführt, jeglicher Chance auf selbstständiges Denken beraubt. Dazu genötigt, die Maschinerie des Systems zu ölen. Als ein halb verdautes Monstrum würde man ein Dasein fristen, als Gefangener in einem Zuchthaus, dem Wahnsinn der Ärzte hilf- und heillos ausgeliefert.

Ich nutzte meine angeborene Schläue dazu, ein falsches Spiegelbild von mir zu erzeugen. Mit List und Scharfblick gelang es mir, die nötigen Distanzen mit dem Strom mitzuschwimmen und zur richtigen Zeit unterzutauchen, ohne Aufruhr zu erregen. Ich zeigte mich meiner Umwelt stets hilfreich und korrekt. Etwas Eigensinn wurde mir nachgesagt, doch als Sohn einer der hier ältesten ansässigen Familien wurde mir dies zugebilligt. Diese Akzeptanz entsprang nicht etwa als Antwort auf die zahlreichen Kunstwerke, die unser Adelsgeschlecht im Laufe vieler Jahrhunderte gehortet hatte. Nicht etwa auf die zahlreichen Abkömmlinge, die sich selbst voll und ganz der Kunst verschrieben hatten. Sie strotzten vor schöpferischer Kraft, doch wie auch jedem wahren Künstler das schier unerschöpfliche Genie in die Wiege gelegt wurde, so legte sich auch immer eine Prise Wahnsinn hinzu. Und ehe man sich versah, hatte man den Wahnsinn gefüttert und ihn das Laufen gelehrt. Man beobachtete ihn beim Wachsen, während das Genie noch friedlich und unberührt in der Wiege schlummerte. Die Bereitwilligkeit des Systems lag dahingehend begründet, dass der Zweig meiner Mutter – Gott sei ihrer Seele gnädig – stets unbarmherzige und geistlose Geschäftsmänner hervorgebracht hatte, die nicht nach dem Sinn im Leben suchten, sondern ihn unter Geld, unsäglichen Reichtümern, einer immensen Anhäufung von Besitztümern und kompromissloser Gier vergruben. Ich möchte mich an dieser Stelle nicht allzu sehr in die Geschichte meines Stammbaumes vertiefen, doch wollte ich Sie nicht im Unklaren darüber lassen, warum mir einige Privilegien zuteilwerden, die einem ordinären, wenn auch fleißigen Angestellten nicht zugebilligt wurden. Genauso wenig würde es sich für einen Mann meiner Abstammung in keinster Weise geziemen, sich eines Paars getragener derber Schuhe zu bedienen, außer es einem nichtsnutzigen Bettler entgegenzuwerfen. Und stellen Sie sich jetzt diese unerträgliche Schmach vor, die meiner Familie widerfahren würde, wenn der letzte bekannte Stammhalter sich der Blöße der Peinlichkeit eines nicht gepflegten Äußeren ergeben würde. Der Umstand, dass meine Eltern wie auch meine beiden Schwestern nicht mehr unter den Lebenden weilen, ist als Entschuldigung oder als Ausflucht nicht tolerierbar und in keinster Weise zu akzeptieren.

Entschuldigen Sie meinen neuerlichen Umweg, doch bald komme ich zum finalen Punkt meiner Ausführungen. Noch etwas Geduld mit meiner Seele. Wenn Sie mich nun schmunzeln sehen könnten, wie sich meine Lippen verziehen, die Mundwinkel nach oben gehen. Wenn Sie mich doch sehen könnten. Der

Grund meines Schmunzelns just an dieser Stelle wird sich Ihnen noch offenbaren.

Der Barbier genoss mein vollstes Vertrauen. Meine Verwunderung jedoch, dass auch er mich als seinen Vertrauten betrachtete, stieg von Mal zu Mal mehr. Ich musste ihm etwas Leichtgläubigkeit und Naivität unterstellen und wäre unter Umständen sogar erleichtert gewesen, etwas mehr Unglauben oder Neugier in ihm zu entdecken. Während ich nach seiner getanen Arbeit sorgfältig mein Gesicht abtastete und über meine Gesichtsbehaarung strich, sprach ich ihm fortwährend meine größte Wertschätzung zu, doch war ich stets darauf bedacht, ihn nicht in den Himmel zu loben und ihn eventuell in die Gefahr des Müßigganges zu locken. Nebenher zeigte ich mich immerzu als äußerst großzügig, was seine Entlohnung anging.

Es war von größter Wichtigkeit für mich, noch vor Sonnenaufgang in meiner Kutsche zu sitzen und zu meinem Anwesen zu gelangen. Doch wie es meiner Natur entsprach, war ich auch hier von höchster Präzision und es widerspräche meinem mir gegebenen Naturell, auch nur die kleinste Winzigkeit dem Zufall zu überlassen. So beharrte ich seit unserem ersten Treffen darauf, die Hintertür des Barbierladens zu benutzen, und pochte darauf, dass diese für niemanden sonst geöffnet werden und auch keiner Menschenseele dieser Einlass gewährt werden dürfe. Und wieder würden Sie sich fragen, warum meine Mundwinkel schmunzelnd sich nach oben ziehen. Im Laufe der Zeit glich die Tür nicht mehr als einem Relikt einer Erinnerung. Efeu und sonstiges Gewächs hatten diesen Einlass längst für sich entdeckt und auch das kleine Guckloch war verschwunden. Ich klopfte jeweils dreimal kurz und dreimal lang und wiederholte dieses Procedere nach genau sieben Zählschritten. So wurde die Tür zu einer Geheimtür, die es nur für mich zu öffnen galt.

Spätestens an dieser Stelle meiner Erzählung fragen Sie sich naturgemäß, ob ich mich auf diese Weise nicht der Gefahr einer kriminellen Handlung meinem Leib und meiner Seele gegenüber begebe. Ob die Zwielichtigkeit, die den Barbieren nachgesagt wird, mich nicht zu ängstigen weiß. Ob ich mir denn der Tatsache bewusst wäre, dass Barbiere mit chirurgischem Besteck nicht minder gut umgehen konnten als mit einem Rasiermesser. Dass sie das Handwerk eines Chirurgen bestens beherrschten und als Wundärzte mit Amputationen und dem Durchbohren von Fleisch und Hirn sich ein Zubrot verdienten. Es ein Leichtes wäre, meine Kehle derart zu durchtrennen, dass ich nicht in den Genuss eines schnellen Todes käme, sondern langsam und qualvoll an meinem eigenen Blut ersticken würde. Niemand würde von meinem Ableben Notiz nehmen. Der Barbier würde mir einfach die Kehle durchschneiden. Einfach weil er es kann, aus Jux, Tollerei, aus einem krankhaften Jagdinstinkt heraus. Vielleicht stockte ein kleines Zahnrad im System. Ich höre Ihre Bedenken, kann förmlich Ihre grübelnde Stirn dabei beobachten, wie sie sich immer mehr in Falten legt. Voll Besorgnis und Unglaube. Doch auch nun würden Sie nur ein wissendes Lächeln in meinem Gesicht finden. Denken Sie immer an das System. Nichts läge mir ferner, als ungewollt Aufmerksamkeit auf mich zu ziehen und als gehirnloser Irrer behandelt zu werden.

Seien Sie sich im Klaren darüber, dass ich mich unsichtbar wie ein Dieb durch die Nacht bewege. Ich bin sehr organisiert und plane meine Züge im Voraus. Bis zu jenem Abend, auf den ich gleich näher eingehen werde.

Noch ein paar Worte, damit Sie wieder ruhig schlafen können. Ich war auf der sicheren Seite. Ich war kein Narr. Nein, meine Genialität war kaum zu übertreffen. Vergessen Sie nicht die Geheimtür, die so leise ins Schloss fiel, dass einer Fledermaus sie entgangen wäre. Da ich mich viel im Dunklen bewege, haben sich meine Augen an die Finsternis gewöhnt, und so war ich nicht auf die Helligkeit der Laternen angewiesen. Ich hielt mich rechts, eng an die Häuserwände gedrängt, huschte von einer dunklen Ecke zur nächsten und bog schlussendlich in eine dunkle Gasse, an dessen Ende meine Kutsche wartete. Es war die dunkelste Gasse der Stadt, in der sich nur die dunkelsten und finstersten Gestalten herumtrieben und Huren ihre Körper jedem darboten, der sich hierher verirrte. Max, mein alter und treuer Kutscher, hatte die strikte Anweisung, zu warten und die hungrigen Weiber mit ein paar Pence ruhigzustellen, und wenn sie gar von Gier und Triebhaftigkeit getrieben partout nicht von der Kutsche losließen, ihnen in Gift getränkte Weintrauben anzubieten. Die dreckigen Dirnen wussten nicht, wie ihnen geschah, und noch ehe sie, sich windend vor Schmerz, kriechend am Boden mir zu nahe kommen konnten und noch bevor sie an ihrem Erbrochenen qualweise erstickten, saß ich schon in der Kutsche, mit der wir dieses dreckige Viertel im Höllentempo verließen. Max, mein Kutscher, hielt seine Pferde förmlich bis zur Erschöpfung im Galopp und erst knapp vor der Einfahrt zu meinem Anwesen durften ihre Beine wieder den Boden berühren. Zeitgerecht und auf die Minute genau vor Sonnenaufgang, die Zeit, in der ich mich zur Ruhe bettete.

Oh, pardon, ich blieb Ihnen die Adresse meines Barbiers schuldig. Welch Fauxpas, den ich Sie bitte zu verzeihen.

Nun, am Ende meiner Geschichte angekommen, muss ich Ihnen leider gestehen, den Barbier gibt es nicht mehr. Sehr wohl den Laden, dessen Anschrift ich Ihnen auf Anfrage gerne zukommen lasse. Alles, worum ich Sie bitte, ist es mir bei gegebener Stunde Einlass zu gewähren. Ohne Ihr Einverständnis ist es meinem Wesen nicht zuträglich, Ihr Heim zu betreten.

Nun, der Barbier, seiner Seele erwies ich mich gnädig. Der arme Tropf. Das Leintuch, Sie erinnern sich? Es glitt vom Spiegel herab und fiel zu Boden, als ein riesiger Schrei durch den Salon gellte. Noch immer sehe ich seine weit geweiteten Augen vor mir, spüre seinen vor Schreck erstarrten Atem, rieche seine unappetitlichen Ausdünstungen. Er wollte es nicht, wohl habe ich ihm geglaubt, doch es galt, mein System zu beschützen. Ich konnte mir kein Rädchen leisten, das nicht meiner Richtung folgte. Schon die kleinste Veränderung im Mechanismus könnte die Funktion beträchtlich beschädigen. Mein System war in Gefahr.

Für ihn war es zu spät. Der Blick in den Spiegel

hatte mein wahres Ich verraten. Das, was er sah, ließ ihn ungnädig zappeln. Er hatte es nicht kommen sehen, das Spiegelbild zeigte nur einen wild gestikulierenden Handwerker. Es war leer, als ich in gewohnt gnädiger Weise meine riesigen Vampirzähne in seiner Halsschlagader begrub. Sein Blut war etwas dicklich in der Konsistenz.

Ich blieb allein zurück, etwas zermürbt darüber, wie die Sache gelaufen war. Von allen Barbieren war er mir der Liebste.

Falls Sie zufällig selbst der Zunft der Barbiere angehören, seien Sie doch so zuvorkommend und lassen Sie mir eine Nachricht zukommen. Ich werde an Ihre Tür klopfen. Dreimal kurz, dreimal lang. Nach exakt sieben Zählschritten wiederhole ich dieses Procedere. Vergessen Sie jedoch nicht, sämtliche Spiegel abzudecken, denn nicht das, was Sie darin sehen werden, wird Sie in den Irrsinn treiben.

Meeting II

Meeting II

*O, dass jeder Kuss eine Woche lang
währen und eine Umarmung einen
Monat dauern möge – und unsere
Liebe immer und ewiglich erstrahle.*
– Edgar Allan Poe

Ich höre den Sturm. Er nähert sich. Seine Vorboten hämmern gegen meine Tür. Blitze schießen durch den Türspalt. Der Sturm ist nun ganz nah. Er will in mein Gehirn. Donner grollt. Ich halte mir die Ohren zu. Dunkle Wolken. Ich kann sie sehen, wie sie sich zusammenrotten. Sie sammeln ihre Kräfte, nur um sich in meinem Kopf zu entladen – wann immer sie es für richtig halten. Fast beruhigend hingegen die Regentropfen. Doch ich weiß es genau, sie wollen mich nur täuschen und in die Irre führen – mich in Sicherheit wähnen. Ich kenne sie, ihr fieses Spiel.

Ich erkenne sie, jeden einzelnen Regentropfen. Sie wenden mir ihre Gesichter zu. Ihre kleinen, grausamen Augen beobachten mich. Ihre Münder verformen sich zu einem perversen Lächeln. Nicht mehr als abartige Fratzen, die ihre Vorfreude zeigen. Ein Vorgeschmack. Vorgeschmack auf mich. Sie wollen mich schmecken. Von mir kosten. Mich aufsaugen. Einsaugen. Verschlingen. Abbeißen. Auffressen. Sie wollen mich fressen, doch ich?

Ich kann nicht weg von hier, kann nicht fliehen vor dem Entsetzlichen, das sich mir darbietet.

Ich will nicht sterben.

»Raus! Lasst mich in Frieden. Raus aus meinem Kopf. Verschwindet, haut doch ab!«

Ich stemme mich gegen die Tür, drücke dagegen – so stark ich kann. Ich weiß, der Sturm hat mir längst nicht seine ganze Macht offenbart. Er wartet geduldig. Unverdrossen. Meine Kraft schwindet, doch meine Verzweiflung lässt keine Kapitulation zu – noch nicht. Ich darf nicht aufgeben. Ich darf *mich* nicht aufgeben.

Ich Närrin. Der Sturm wird mich holen. Ich kann nichts dagegen tun. Wozu mehr Zeit verstreichen lassen, wozu sich dem Unvermeidlichen entgegenstellen? Ich werde einen Schritt zurückgehen. Werde ihn hereinlassen, ihm die Tür öffnen. Er soll sich nehmen. Mich nehmen. Mitnehmen. Einfach so. Einen Teufel wartet er auf meine Erlaubnis. Er nimmt einfach. Er nimmt mich mit. Einfach so.

Was folgt auf Verzweiflung? Resignation? Kampf? Angst? Mut?

Ich resigniere.

Ich will kämpfen.

Ich habe Angst.

Ich bin mutig.

Ich will.

Ich kann nicht.

Aufhören! Aufhören! Mein Kopf explodiert.

»Hier, bitte. Nimm! Ein Glas Wasser.«

Das Sofa aus meinen Träumen; ich sitze darauf,

bin verwirrt. Habe Durst, doch ich zögere.

»Nur zu!«

Ich greife nach dem Glas auf dem kleinen Tischchen vor mir. Meine Hand zittert, ich verschütte ein wenig von der Flüssigkeit. Beinahe panisch setze ich das Glas wieder ab.

»Keine Sorge, es ist nur Wasser.«

Die Vorhänge bewegen sich im leichten Wind. Es ist sonnig, ich blinzle.

»Zu hell, nicht wahr?« Er erhebt sich von seinem Ohrensessel und begibt sich zum Fenster. »Ich liebe meine Vorhänge«, behutsam streicht er über das schwere samtige Material, »ihre dunkle Farbe und ihren weichen Stoff. Jemand möchte meinen, ich hätte diese dunklen Vorhänge nur aus einem bestimmten Grund ausgesucht: Um das Licht aus meinem Haus zu verbannen.«

Ich zucke mit den Schultern. »Ist doch gut, dafür sind sie ja da«, erwidere ich.

»Sonnenlicht kann hartnäckig sein.« Er schmunzelt. »Doch sie sollen auch dem eisigen Wind, der durch die Fenster in mein Heim kriecht, Einhalt gebieten. Nicht mehr. Nicht weniger. Und gewiss, ich bestreite es nicht, die Vorhänge gefallen mir. Zugezogen breitet sich ihre wahre Schönheit aus. Nicht wahr?«

Abermals lässt er seine Handfläche über den schweren Stoff gleiten.

Ich nicke. »Ja, sie sind wunderschön.«

»Viele fürchten die Dunkelheit.« Ich nicke wieder.

»Doch ist es nicht vielmehr so, dass die Dunkelheit etwas Wunderschönes ist?«

Ich nicke.

»Nicht sehr gesprächig?«

Ich verkneife mir ein erneutes Nicken, lächle verlegen. »Doch. Nein. Ich rede nie viel. Habe schlecht geträumt.«

»Der Sturm?«

»Wie bitte?«, gebe ich zögernd zur Antwort. Es ist mir unangenehm, bin ein schlechter Gast, sollte besser zuhören.

»Der Sturm«, wiederholt er, »war er der Grund deines schlechten Traumes?«

»Ja, er hat furchtbar gewütet. Laut. Ich hatte solche Angst.«

»Dir ist nichts passiert. Du warst an einem sicheren Ort.«

»Aber es war so dunkel und …«

»Und? War es nicht gerade die Dunkelheit selbst, die sich schützend um dich legte?«

Ich greife nach dem Glas. Das kühle Wasser belebt. »Ich soll mehr Licht in mein Leben lassen, dann würde es mir besser gehen, sagen *die anderen*. Sie sagen, die Dunkelheit würde mir nicht guttun.«

»Geht es dir denn schlecht?«

»Nein, aber … aber irgendwann habe ich zugelassen, dass ihre Wirklichkeit zu meiner Wirklichkeit wird. Und dann ging es mir schlecht. Dunkelheit würde mir schaden, trichterten sie mir ein. Aber *sie* waren es. Sie, einzig und allein *sie* waren es, die mir nicht guttaten.«

»Was sonst sollte denn die Dunkelheit sein, wenn nicht dunkel? Wäre sie nicht dunkel, wäre sie nicht sie

selbst. Nicht wahr? Welch aberwitziger Gedanke. Sie ist das, was sie ist: Dunkelheit.«

»*Die anderen* haben aber Angst vor ihr.«

»*Die anderen*, doch wir nicht. Wir sind nicht *die anderen*, also was sollte es uns bekümmern? *Die anderen* sind es, die Angst haben vor der Dunkelheit, *sie* sollen Angst haben. Nicht du. Nicht wir. Es ist unser Zuhause. Ein Zuhause gibt Geborgenheit. Bietet Schutz. Zuflucht.«

»Sie ist hässlich«, sagen sie.

»Sie ist schön, du weißt es. Sie hat dich immer beschützt. Warum sollte sie dir böse gesinnt sein? Sie ist wohlwollend, sie liebt dich, liebt dich wie ihr eigenes Kind.«

»Doch ich hatte Angst, so viel Angst als Kind. Allein in der Nacht.«

»Ich weiß, doch hat sie dich ebenso gelehrt zu sehen. Hinzusehen. Nicht wegzusehen. Sie hat dir all ihre Kinder vorgestellt. Du durftest mit ihnen spielen. Natürlich, ein paar ihrer Sprösslinge haben dich geneckt. Sie haben dir bisweilen sogar Angst gemacht. So sind Kinder nun einmal.«

Mein Gesprächspartner lächelt mich an. »Die Nacht liebt dich, vertraue ihr. Liebe braucht kein Warum. Liebe braucht keine Erklärung. Sie ist.«

»Warum hat sie mir dann Angst gemacht?«

»Hat sie das?«

Ich nicke.

»War es denn nicht vielmehr so, dass sie dir gezeigt hat, wer du wirklich bist? Sie hat dir gezeigt, dass du keine Angst zu haben brauchst. Vor ihr. Vor dir. Sie beschützt all ihre Kinder. Sie beschützt dich. Du bist ihren Kindern gleich. Obgleich«, er stutzt, »wir kommen nicht umhin, den Tatsachen ins Auge zu blicken. Nicht all ihre Kinder sind wohlgeraten und folgen ihrer Mutter. Welches Kind tut das schon?«

»Aber sie waren so furchtbar.«

»Die Kinder? Ja, Kinder können furchtbar sein.«

»Nein, ja, das auch. Ich meine nicht die Kinder, ich meine das, was ich gesehen habe.«

»Du hast in einen Spiegel geblickt. Fortwährend nur dein Spiegelbild. Du hattest Angst vor dem, was du sehen würdest, wenn du hinsiehst. Du hast *dich* darin gesehen. Zum ersten Mal. Nicht deine Maske. Zum ersten Mal musstest du dich nicht für das schämen, was du bist: für dich.«

»Trotzdem liebt sie mich?«

»Ach, mein liebes Kind. Nicht trotzdem. *Deswegen*. Weil du *du* bist und es immer schon gewesen bist.«

»Doch sie verstehen es nicht. Meine Freunde, meine Familie. Sie haben Angst.«

»Angst, meine Liebe, gibt man sich selbst mit auf den Weg. All jene, die die Schönheit und die Wahrheit der Nacht nicht ertragen können. Alle, für die sie nicht greifbar ist. Sie sagen: Fürchte die Nacht. Liebe und verehre den Tag.«

»Warum?«

»Masken, sie sitzen besser am Tag.«

»Und die Nacht hat keine?«

»So ist es, die Nacht trägt keine Masken. Und explizit das fürchten die Menschen. Sie ertragen es einfach nicht. Sie ertragen es nicht, in ihr Innerstes zu sehen. Sie haben Angst vor dem, was sie zu finden glauben. Doch sie fürchten sich grundlos. Oftmals ist da gar nichts. Nichts außer …«

»Nichts außer dem Nichts.«

»In der Tat. Das Nichts. Und niemand, glaub mir, niemand will das Nichts in sich wissen – geschweige denn sehen.«

»Also ist es nicht die Angst vor der Dunkelheit, sondern …«

»… sondern vor dem, was sie ihnen zu zeigen vermag«, beendet mein Gegenüber den Satz.

Ich überlege. »Aber brauchen wir denn nicht Licht, um die Dunkelheit zu erkennen?«

»Die eine Art von Menschen benutzt das Licht, um die Dunkelheit besser zu sehen, ihr entgegenzugehen. Sie zeigen sich der Finsternis. Die anderen, um die Dunkelheit zu vertreiben. Wie wir wissen, Humbug.«

Eine Weile schweigen wir uns an, es ist eine angenehme Ruhe. Eine verständnisvolle Stille.

»Was ich nicht verstehe, sie wollen doch alle ins Licht, doch bedeutet das nicht auch, tot zu sein?«, sinniere ich vor mich hin.

»Ja, so sagt man. Sie würden ins Licht gehen. Paradox, nicht wahr, wo der Mensch doch den Tod so fürchtet.«

Ich zucke mit den Schultern und beschwichtige: »Ach, egal, war nur so ein Gedanke.«

»Hast du je die Tränen eines Sterbenden gesehen?«

Ich verneine.

»Es sind Tränen des Abschieds. Tränen der Trauer um seine Hinterbliebenen. Um seine Kinder, seine Familie. Es ist nicht der Tod, den der Sterbende fürchtet. Nicht die Angst vor der Dunkelheit. Er sehnt den Tod herbei. Fleht förmlich nach Erlösung von den Qualen alles Irdischen. Doch pscht«, er machte eine verschwörerische Geste, »diese Worte sollen nur hier in meinem Haus laut ausgesprochen werden.«

»Ich schweige wie ein Grab«, schließe ich mich der Verschwörung an.

»Der Tod will nicht gefürchtet werden. Es ist nicht der Sensenmann, nicht der Schwarze Mann, der uns nach dem Leben trachtet. Wie kann uns etwas genommen werden, das uns nie gehört hat? Warum dem Leben nachtrauern, wenn es Zeit ist zu gehen?«

»Doch der Tod macht Menschen traurig. Ist doch so. Der Schmerz um den Verlust eines geliebten Menschen tut weh. Die ganze Familie trauert. Die Freunde bleiben fassungslos zurück.«

»Das tun sie. Sie fühlen sich verlassen. Allein. Angewidert vom Tod, von der eigenen Vergänglichkeit. Erleichtert darüber, dass sie selbst nicht an der Reihe waren. Doch die Gewissheit, dass es auch sie treffen wird, nagt.«

»Es führt eben kein Weg vorbei. Da nützt absolut nichts.«

»Es ist das Leben, das geht. Es ist nicht der Tod, der kommt. Das sollte man nie verwechseln. Der Tod holt sich kein Leben. Der Tod fängt das Leben auf. Er gibt den Seelen ein Zuhause. Keine Seele muss durch leere Straßen und Gassen herumirren. Das Warten auf das Licht ist vergebens, denn es wird nie kommen. Das Licht meidet die Dunkelheit.«

»Ist es also das Leben, das die Trauernden bestraft?«

»Tja, mein Kind. Es ist so eine Sache mit dem Leben und mit dem Tod. Wo ist die Brücke, die diese zwei Welten verbindet? Wer kann sie beschreiten? Der Lebende ist hier, der Tote ist dort. Der Weg allen Sterbens. Wohin führt er?«

»Sind wir nicht alle Lebende und Sterbende zugleich?«

»Beeindruckend. Das sind wir. Was gibt es Verwerfliches daran, einen geliebten Menschen in Würde weiterziehen zu lassen? Dann, wenn alles Irdische ihn wegstößt.«

»Sie haben einfach Angst.«

»Die Angst, sie lähmt unser Denken. Was nicht sein darf, gibt es nicht.«

»Was es nicht gibt, macht uns somit keine Angst?«

»Weit gefehlt. Es beißt sich der Hund in den eigenen Schwanz. Es ist ihre eigene Angst, die sie fürchten. Menschen erschaffen Monster, wo es keine gibt. Sie selbst hauchen den Monstern Leben ein. Sie erschaffen ihre Monster selbst. Aus Angst. Sie füttern ihre Monster. Mit Angst. Sie werden süchtig danach. Süchtig nach Angst. Die Monster vermehren sich. Nehmen überhand. Schließlich sind es die Monster selbst, die ihre Erschaffer füttern.«

Ach, es ist ein Dilemma.

Die Grenze ist überschritten, der
Spiegel zerbrochen. Doch es
reflektieren die Scherben
– Edgar Allan Poe

Der Blumenladen

Der Blumenladen

I. Claire

Er war pünktlich, wie immer. Im selben Moment beschlich sie wieder dieses Gefühl. Das seltsame Gefühl, dass die Zeit stehengeblieben war – wie damals. Wie damals vor unzähligen von Jahren auf den Tag genau. Damals, als dieser alte Mann zum ersten Mal ihren Laden betreten hatte. Irgendwann hatte sie vergessen, die Jahre zu zählen, zwischen damals und heute. Jeden zweiten November stellte sie für ihren Kunden einen prachtvollen Strauß dunkelroter Rosen zusammen. Und immer schrieb sie die drei gleichen Worte auf ein schlichtes weißes Kärtchen: In ewiger Liebe.

Er war kein Mann vieler Worte. Nie gewesen, doch wählte er seine wenig gesprochenen Worte stets mit Bedacht. Es waren freundliche und zuvorkommende Worte. Worte von vornehmer Art und Weise. Altmodisch. Antik klingend in ihren Ohren. Fast so antik wie sein Mantel, der trotz offenkundiger Bejahrtheit nichts an Hochwertigkeit und Gediegenheit eingebüßt hatte. Vielleicht holte er diesen Mantel nur an diesem bestimmten Tag aus dem Kleiderschrank.

Claire verstand nicht viel von Männermode, doch sie hatte ein Auge für Stil. Und dieser alte kultivierte Herr hatte Stil. Seine Schuhe glänzten wie frisch poliert. Sie schienen vom Schmutz der Straße unberührt zu sein. Sorgfältig rasierte Koteletten, die unter dem steifen Hut hervorstachen, unterstrichen seine charismatische Erscheinung. Claire fühlte sich ihm verbunden. Irgendwie. Auf eine seltsame Art. Auf eine seltsame Weise. Auf jene Art, die ohne Begrifflichkeit auskommen musste, jedoch deutlich zu spüren war. Nein, sie konnte die passenden Worte dafür nicht finden. Die junge Blumenbinderin hätte gerne einmal den Mut dazu aufgebracht, ihn nach dem Anlass für den Blumenstrauß zu fragen. Vielleicht das nächste Mal. Im nächsten Jahr.

Er verabschiedete sich mit einer angedeuteten Verneigung. Bevor er zum Öffnen der Tür ansetzte, drehte er sich zu Claire: »Vergessen Sie nicht, die Tür zu verschließen, junges Fräulein. Die Dunkelheit verbirgt so manch finstere Gestalt.« Mit einem Tippen auf seinen Hut als Zeichen zum Aufbruch verabschiedete er sich: »Nun leben Sie wohl.«

Claire nickte verdutzt. Ihr Nicken ging ins Leere. Der alte Mann hatte es zusehends eilig. Es war ganz sicher seine liebe Frau, zu der er eilte. Vielleicht war es ihr Hochzeitstag. Ja, ganz sicher. Welche Frau freute sich nicht über solch prachtvolle Blumen? Gerade Rosen waren doch die universelle Sprache der Liebe. Seine Anvertraute musste sich glücklich schätzen, einen Mann wie ihn an ihrer Seite zu haben. Wie lange sie wohl schon gemeinsam den Lebensweg beschritten?

Claire seufzte, so viele Brautsträuße hatte sie schon für Paare gebunden. Nur ihr eigener Strauß war es, der auf sich warten ließ. Irgendwie wollte es nicht klappen. Diese Sache mit dem Verlieben. Diese Sache mit den Männern. Sie hatte erwiesenermaßen kein passendes Händchen dafür. Obwohl, sie wusste genau, welche Blumen … Sie hatte letztens von einem schönen Brautkleid mit wunderschöner Spitze geträumt.

Die Blumenverkäuferin schüttelte den Kopf. Ganz fest. Ganz schnell. Sie durfte sich nicht in Spinnereien verfangen. Nicht jetzt. Nicht später. Sie wusste nur allzu gut, was dann folgen würde. Immer mehr würde sie sich darin verstricken. Je mehr sie versuchen würde, sich loszureißen, desto fester würde das Netz nach ihr greifen. Es würde sich um ihre Kehle legen. Das Netz, dessen Spinnerin sie selbst war. Claire würde versuchen, es abzuschütteln. Sie würde versuchen, davon loszukommen.

Und je mehr sie sich wehren würde, desto größer wäre der quälende Schmerz. Er würde wachsen und von ihrer Seele Besitz ergreifen. Je mehr sie sich wehren würde, desto unbarmherziger wären die Fäden. Je mehr sie sich wehren würde, desto tiefer würden sie sich in ihr Fleisch schneiden.

Nein, das durfte nicht passieren. Nie wieder. Sie nahm sich fest vor, ihre gesamte Energie und all ihre Gedanken in den Laden zu stecken.

Nur der Laden war wichtig. Nur ihm sollte Claires Liebe, Zuneigung und ihre Treue gehören. In guten und in schlechten Zeiten. Ja, vielleicht war sie verrückt – und wenn schon. Dieses Schicksal nahm sie gerne an, wenn es bedeutete, von ihren Blumen gehört zu werden. Wenn es bedeutete, mit ihren Blumen sprechen zu dürfen. Wenn es ganz ruhig war, summten sie Lieder und Claire summte mit ihnen.

Blumen sprachen ohne Stimme und doch deutlich.

Für die junge Frau hatten Blumen gewiss etwas Magisches. Etwas, das sie sich nicht erklären konnte. Blumen erfüllten jeden Raum mit Leben. Mit Licht. Sie konnte sich nicht sattsehen an ihrer Pracht. So wunderschön. Sie spendeten Liebe und Trost. Auch nachdem sie gestorben waren. Blumen hatten die Macht, auch noch im Tod wunderschön zu sein. Als könne ihnen selbst Gevatter Tod nichts anhaben.

Als senkte selbst die Ewigkeit ihr Antlitz vor so viel Liebreiz.

Aber eine von ihnen übertraf sie alle an Anmut und Grazie. Die edelste unter ihnen. Ihr Zauber bedrängte dazu, ehrfürchtig das Haupt vor ihr zu verneigen. So majestätisch, die sinnlichste unter ihnen: die Rose.

Menschliches Blut war es, von dem sie sich nährte. Menschliches Blut war es, das sie forderte. Doch das war ein nur allzu geringer Preis, den fast alle zu zahlen bereit waren. Es war der Preis dafür, dass man sich an ihrem Wesen ergötzen konnte. Der Preis dafür, ihr entgegenzutreten und sich an ihrem Wesen laben zu dürfen.

Blumen, ein Geschenk des Lebens an sich selbst. Blumen, ein Zeichen dafür, dass man den Tod nicht zu fürchten brauchte. Warum sonst hätte das Leben die Blumen erschaffen? Warum sonst so ein Meisterwerk erblühen lassen?

Blumen, die Sprache des Universums. Eine zeitlose Sprache. Blumen, so perfekt. Leben und Tod, durch Blumen vereint. Blumen, die Brücke zwischen dem Dies- und dem Jenseits.

Claire nahm die Blumenschere und begann damit,

einen neuen Blumenstrauß zu binden. Totenblumen. Und sie würde sich wieder Mühe geben. Wenn es das Leben verdient hätte, dann umso mehr der Tod.

Sie hielt kurz inne in ihren Gedanken. Nein, es war nur das Windspiel. Es machte das, was alle Windspiele machten. Sie spielten mit dem Wind. Das konnte schon jemanden erschrecken.

Kommendes Frühjahr. Genau, so nahm sich Claire fest vor. Dann würde sie Handwerker bestellen. Die alten Fenster des Ladens mussten erneuert werden.

Unbeirrt durch das Windspiel saß ein Rabe draußen am Fenster. Neckisch spähte er durch das Glas.

II. Charles

Charles wusste nicht genau, wie oft er diese Straße schon entlanggelaufen war. Seit wie vielen Nächten er nach der einen Straße suchte. Nach diesem einen Platz. Jahr für Jahr. Tag für Tag. In dieser einen Nacht. An diesem einen Ort. Dieser Ort, der sich so in sein Innerstes eingebrannt hatte. Dieser Ort. Den Weg dorthin hatte er schon längst vergessen. Diesen Weg, den er doch schon so oft gegangen war. Als Begleiter.

Der einzige Fixpunkt im Leben war der Tod. So war es schon immer. Allezeit.

Die Welt hatte sich verändert. Innerhalb ihrer Konstanten war etwas geschehen. Vielleicht nur eine kleine Unstimmigkeit. Eine Fuge, die eingerissen war. Ein Spalt, der da nicht hingehörte. Er hätte schon längst am Ziel sein müssen.

So viele Sterbende hatte er schon betrauert. Unzählige Sterbende an die Hand genommen. Er hatte ihre Hand gehalten auf der letzten Reise und sie ein Stück ihres Weges begleitet. Es war ihm ein vertrauter Weg.

Nun war dieser Weg zu seinem Weg geworden. Nun war er es, der diese Reise angetreten war. Allein. Niemand, der ihm die Hand reichte. Niemand, der sich ihm anschloss.

Er war aufgebrochen. Damals. Vor so vielen Jahren. Doch was war schon ein Jahr? Zeit hatte keine Bedeutung. Nicht hier. Nicht damals. Nicht jetzt. Zeit war nicht vergänglich. Zeit war kein Punkt, an dem man festhalten konnte. Sie *war* einfach.

Er musste diesen Ort finden. Dort würde seine Suche ein Ende finden. Er war bereit, durch die Zielgerade zu marschieren. Er war gefangen zwischen hier und dort. Hier und dort konnte überall sein. Nichts, worauf er bauen konnte. Nichts, dem er vertrauen konnte.

Die Straßen waren leer. Keine Menschenseele, die an ihm vorbeihuschte. Ein leerer Ort, seelenlos.

Charles hielt die Rosen fest umklammert. Er durfte sie nicht verlieren. Nicht wieder. Das durfte ihm nicht nochmals passieren. Doch es war zu spät. Die Rosen hatten ihre Blätter längst verloren. Die Blüten zerfielen vor seinen Augen zu Staub. Er öffnete seine Hand. Dornen. Nur ein paar Dornen waren ihm geblieben. Wie Brotkrumen, die ihm den Weg zurück zeigen sollten. Er schüttelte den Gedanken ab. Wohin zurück? Es gab längst kein Zurück mehr. Nicht für ihn. Irgendetwas wog ihn in dem Glauben, dass es nicht mehr lange dauern würde. Seine Reise würde bald ein Ende nehmen. Ganz gewiss.

Charles betrat den Blumenladen. Diesmal fiel ihm ein Rabe auf, der scheinbar unbeeindruckt durch sein Erscheinen am Fensterbrett saß. Der Vogel richtete die Augen auf ihn, neigte den Kopf zur Seite und gab ein hörbares Krächzen von sich.

Die junge Dame im Laden hatte ihn allem Anschein nach schon erwartet. Sie war ein recht ansehnliches Wesen, im rechten Alter, eine Familie zu gründen, überlegte Charles.

Mit flinken Fingern band Claire ein rotes Band um den Strauß Rosen. Sie verstand ihr Handwerk. Die Blumen waren bei ihr in den besten Händen. Ihre leicht gebückte Haltung verriet ihm, dass sie eine schwere Last zu tragen hatte. Es war eine dieser Lasten, die man gut vor den Blicken anderer verbergen konnte. Eine dieser Lasten, die stets unsichtbar war vor den Augen anderer. Gut versteckt im hintersten Winkel der Seele. Nur für einen kurzen Augenblick bekam er die Möglichkeit, in ihre Augen zu sehen. Es waren traurige Augen. Augen, in denen der Glaube an jedwede Hoffnung längst gestorben war. Augen, die mit aller Kraft die leidende Seele zu verstecken versuchten. Augen, die ein Geheimnis hüteten.

Bevor er sich schließlich verabschiedete, bedankte er sich für die wunderbare Arbeit. Ehe er durch die Tür verschwand, blieb er nochmals stehen, um sie im väterlichen Ton dazu zu ermahnen, doch die Tür fest hinter ihm abzuschließen.

Er wusste, die Straßen zeigten sich seelenlos, doch wie so oft war es nur der Schein, der Sicherheit vorgaukelte. Er verriet nichts von den anderen. Die anderen, die auf der Jagd waren. Auf der Jagd nach ihnen. Nach ihren Seelen. Nein, sie kamen nicht durch die Tür oder durch das offengelassene Fenster. Sie kamen mit dem Wind. Unscheinbar, unbemerkt in der Tarnung einer kurz aufflackernden Ahnung.

Das wenige Licht, das die Straßenlaternen spendeten, verlor sich im Nichts. Nur in den Wohnungen brannte Licht. Lampen flackerten grundlos und gelangweilt in die Leere.

Noch immer ertappte sich Charles dabei, wie er durch die Fenster spähte. Doch immer wieder offenbarte sich ihm das gleiche Bild. Es hatte sich nichts verändert seit …

Die Zeit rann ihm durch die Finger. Die Rosen taten es ihr gleich, doch nicht diesmal. Er war fest dazu entschlossen, die Blumen zu überbringen. Rosen. Elizabeths Lieblingsblumen. Gleich. Bald. Er machte so schnell, wie ihn seine Beine trugen. Er würde sie ihr bringen. Es würde gelingen. Diesmal. Diesmal war er fest entschlossen.

Er war in der Zeit gefangen, die Vergänglichkeit hatte ihn längst eingeholt.

Wohnungen, die scheinbar sorglos auf ihre Bewohner warteten. Räume, gefangen im Augenblick. Stühle – noch warm. Teller, aus denen nicht mehr gegessen wurde. Betten, die ihre Besitzer einluden.

Es waren Behausungen, die in die Irre führten. Ein Zuhause, das auf Leben zu warten schien. Doch jegliches Leben war aus ihnen verschwunden. Aus den Zimmern. Aus den Betten. Von den Straßen. Hier hatte Leben keinen Platz. Leben – wie er es gekannt hatte.

Charles hatte seinen Beruf geliebt. Er war gerne Arzt gewesen. Es war nicht nur ein Beruf, es war seine Berufung. Sein Leben. Seine Berufung hatte immer oberste Priorität. Menschen zu helfen und alles in der Macht Stehende zu tun, ihnen ein schmerzfreies Leben zu ermöglichen. Darauf hatte er einen Eid geleistet. Vor der Fakultät. Vor Gott. Vor den Menschen und vor sich selbst. Doch er war nie ein Narr gewesen. Er wusste, wann die Zeit gekommen war, zu gehen. Dann, wenn das Leben dem Menschen nicht mehr würdig war. Dann, wenn das Leben nur noch Schmerz und Qual bedeutete. Dann, wenn der Körper nur mehr als Brücke diente und sich der Geist nichts sehnlicher wünschte, als hinüberzugehen.

Dann, wenn der Mensch den Tod mit anderen Augen betrachtete. Als das, was er schlussendlich für jeden von uns war: die Erlösung.

Warum hätte er sich dem Unvermeidlichen in den Weg stellen sollen? Warum gegen etwas Unbesiegbares kämpfen? Warum einem Menschen das Letzte nehmen, was ihm schlussendlich blieb: die Hoffnung. Die Hoffnung, in Würde zu sterben.

Ja, er war ihr Arzt. Doch er war viel mehr als das. Er war ihr Begleiter. Er hielt die Hand der Todgeweihten, während er ihnen das Toxikum verabreichte. Während er ihnen half, sanft hinüberzugleiten. Er half ihnen loszulassen und den Schmerzen des irdischen Daseins den Rücken zu kehren. Für immer. Sobald das

Ziel feststand, hatte man stets nach ihm gerufen. Er war derjenige, der den Mut dazu aufbrachte, Sterbende in Würde gehen zu lassen. Er gab ihnen Kraft, loszulassen. Für ihn als Arzt stand dies in keinster Weise in Widerspruch zu seinem Eid. Er half den Kranken zu genesen und zu leben. Er half den Todgeweihten dabei, ihre Reise anzutreten und an ihrem Ziel anzukommen. Das Ziel. Das Ziel, wiederholte er in seinen Gedanken.

Er musste sich konzentrieren, um sein persönliches Ziel nicht aus den Augen zu verlieren. Er hatte sich damals auf den Weg gemacht. Damals? Nur die Zeit selbst wusste die Antwort, doch sie hatte keinen Grund, ihr Wissen mit ihm zu teilen.

Nichts würde die Zeit je verändern können. Die Zeit war niemandes Eigentum. Sie war kein Teil von Etwas. Vielmehr war das Etwas ein Teil von ihr, doch das alles spielte keine Rolle, denn an jenem Tag wäre er es gewesen, der eine Hand zum Anhalten gebraucht hätte. Er hätte jemanden gebraucht, der ihm Mut zusprach.

Nun streifte er umher – wie ein Wolf auf der Suche nach seiner Beute. Eine Beute, die das Rudel längst in Stücke gerissen hätte. Er kannte jede Straße, jede noch so enge Gasse und jede dieser verdammten flackernden Laternen. Er begegnete demselben Nebel. Er kannte diese Nacht mit ihren Nuancen. Jede Facette davon. Er vernahm die gleichen Trugbilder hinter den Vorhängen. Jeden Tisch, jeden Stuhl und jede zurückgeworfene Decke kannte er bis ins kleinste Detail. Jede Einzelheit war in seine Netzhaut eingebrannt.

»Elizabeth, meine geliebte Elizabeth. Diesmal werde ich es schaffen. Ich suche dich. Ich liebe dich. Rosen, sieh doch, Elizabeth. Für dich. Bitte vergib mir. Noch ein Mal. Ein einziges Mal. Ein letztes Mal.«

Er schrie ihren Namen, so laut er konnte, während er die Dornen in seinen Handflächen anstarrte. Der Schall verlor sich in der Dunkelheit und verschmolz mit der Nacht, als hätte er nie ihren Namen gerufen. Als hätte es ihren Namen nie gegeben. Als hätte es Elizabeth nie gegeben. Seine Hände waren leer. Alles, was blieb, waren Dornen. Trockene Rosenblätter rieselten zu Boden und verschwanden im Nichts. Mutlos lehnte er sich mit dem Rücken an die Hausmauer und glitt daran zu Boden. Nur Dornen. Die Blüten waren zerfallen und das Nichts nahm sie für sich ein.

Was hatte er denn erwartet? Eine Antwort? Lächerlich. Er war ein Narr gewesen, zu glauben. Zu hoffen. Hatte er wirklich erwartet, dass sie plötzlich vor ihm stünde, sie ihm vergeben würde? Was wäre es wert gewesen, auf Vergebung zu hoffen? Er hatte sie erneut enttäuscht. Er hatte wieder versagt.

III. Elizabeth

Sorgfältig stellte Elizabeth ihr Fläschchen Laudanum zwischen die anderen Arzneien und verschloss gewissenhaft das Kästchen. Erschöpft ließ sie sich auf ihr Bett nieder. Die Medikamente nahmen ihr die Schmerzen. Wenigstens für einen Moment. Einer dieser Momente, der ihr Leben erträglich machte. Ein Moment, an dem sie bis zur Ewigkeit festhalten wollte. Diese Momente wurden immer kürzer. Die Ewigkeit schien sich ihr manchmal nur als ein Augenblick darzubieten. Die Schmerzen überdauerten Zeit und Raum, doch noch war sie nicht bereit, zu gehen. Sie wollte leben. Gott hatte ihr keine Kinder geschenkt. Jede Erinnerung an sie selbst würde verblassen. Sie selbst würde für immer verschwunden sein. Nichts würde von ihr bleiben. Der Tod würde ihr ganzes Sein in den Abgrund stoßen. Aus und vorbei. Die Endgültigkeit würde ihren Tribut fordern. Das war ihr klar, aber noch war sie nicht bereit dazu, ihrem Schöpfer entgegenzutreten. Schließlich war er es, der die Ewigkeit sein Eigen nannte. Er durfte ihr diesen letzten Moment nicht verwehren. Jemand, der über die Zeit herrschte, konnte ihr doch noch etwas davon schenken. Von der Zeit, die so kostbar geworden war. Warum tat er es nicht? Warum schaute er weg? Warum schaute er hin?

Elizabeth klingelte nach dem Dienstmädchen. Ein wenig frische Luft würde ihr guttun.

Martha schob die Vorhänge zur Seite, damit auch nichts sich gegen den kalten Luftstrom stellen konnte.

»Danke, Martha. Was würde ich nur ohne dich tun?«

Marthas Blick traf das volle Wasserglas auf dem Nachtisch.

»Sie müssen mehr trinken, Mylady, Wasser tut Ihnen gut, so werden Sie bald wieder gesund.«

Martha war ihr immer schon die Liebste von allen Dienstmädchen gewesen. Sie war ihre treueste Seele. Kein Geheimnis, das jemals über ihre Lippen gekommen wäre. In einem anderen Leben wären sie gute

Freundinnen geworden. Martha wollte nächstes Frühjahr heiraten.

»Ich hoffe inständig, dass ich dich noch im Brautkleid erleben darf, liebe Martha. Du wirst sehen, diesmal ist es der Richtige.«

Martha nickte. Sie brachte es nicht übers Herz, die Wahrheit über die längst gelöste Verlobung zu sagen. »Es wird ein harter und kalter Winter, Mylady. Sie müssen sich schonen. Kommendes Frühjahr ist alles nur mehr eine böse Erinnerung. Sie benötigen bloß genug Ruhe. Viel Schlaf. Sie sollten mehr trinken, so will es der Herr Doktor.«

»Ja, es wird so sein.« Elizabeth versuchte, ihren Kopf zu heben.

»Ich helfe Ihnen.« Martha richtete das Kissen. »Besser?«

»Ich danke dir.«

»Ich bin sofort wieder da.« Martha setzte dazu an, das zuvor von ihr geöffnete Fenster wieder zu schließen.

»Lass nur, meine Liebe, die kalte Luft tut mir gut. So fällt es mir leichter zu atmen. Lass es ruhig offen!«

Martha schluckte ihre Tränen hinunter und trat wieder ans Bett. Sie nahm die zweite Decke vom Fußende und legte diese behutsam auf die Beine der Kranken. »Damit Sie mir ja nicht frieren.«

»Martha?«

Das Dienstmädchen würgte einen Kloß hinunter und stotterte: »… Mylady?«

»Ich danke dir von vollstem Herzen. Von jenem Teil, der nicht gebrochen ist. Vergiss das nie. Weine nicht, Martha. Alles wird gut. Es wird alles immer wieder gut.«

»Ja, alles wird gut.«

»Und jetzt geh, Martha. Geh bitte, hole frisches Wasser. Und besorge mir noch etwas Medizin. Tust du das für mich? Ein letztes Mal.«

»Aber ...«

»Später, Martha, später. Geh jetzt! Rasch! Ich brauche meine Medizin. Meine Schmerzen ...«

Martha entfernte sich eilig und rannte hörbar hastig die Stiegen hinab.

Ein Rabe, er landete im offenen Fenster. Mit aufmerksamen Augen musterte er das Zimmer.

Unter Schmerzen schleppte sich Elizabeth erneut zum Medizinschrank. Es waren noch genug Fläschchen da. Verschiedensten Wässerchen und Tinkturen hatte sie Hoffnung geschenkt. Quacksalbern das Geld in den Rachen gestopft. Charles war ständig außer Haus, um den vielen Kranken zu helfen. Sie wusste von seinem Vorrat. Rechtzeitig hatte sie sich an seinem Giftschrank bedient. Nur für den Fall der Fälle. Er hätte es merken müssen. Natürlich hatte er. Doch noch nie hatte er ein Wort darüber verloren. Entgegen seiner wachsamen Natur ließ er eines Tages scheinbar unbedacht das Schränkchen offen und da hatte sie zugegriffen.

Elizabeth wusste, dass er für seine Patienten stets erreichbar war. Sie war sich dessen bewusst, dass seine Fürsorge und Aufopferung weit über das Leben hinausgingen. Sie hatte es in einem Brief gelesen, scheinbar auch ein Opfer seiner Unachtsamkeit. Dies war seine Art, die stillsten Geheimnisse mit ihr zu teilen. Er

113

sprach nie über seine Arbeit, geschweige denn über seinen nagenden Kummer, den seine Arbeit mit sich brachte. Gefühle trug er stets fest verschlossen in seinem Inneren. Den Schlüssel dazu hatte er längst weggeworfen.

Doch sie hatte ihm vertraut. Uneingeschränkt. Bis zu jenem Tag, als sie ihr Leben in seine Hände legen wollte. An diesem Tag hatte sie ihn darum gebeten, ihr die Hand zu reichen und sie zu begleiten. Seit jenem Tag, an dem ihr Körper vor Schmerzen gekrümmt ihr jeden Dienst versagt hatte. Ein Körper, der nichts weiter als eine Hülle war, gefesselt ans Bett und jeglicher Würde beraubt. Sie hatte ihren Gatten angefleht. Ihre gequälte Seele hatte ihn angeschrien. Warum wollte er ihr nicht helfen? Hatte sie nicht dieselben Rechte wie all seine Patienten? In Würde und mit Achtung zu sterben?

Sie konnte den Schmerz in ihrem Körper nicht mehr kontrollieren. Der Schmerz hatte sie einst gepackt und nie wieder losgelassen. Das Geschwür hatte sich bereits in ihrem ganzen Körper ausgebreitet.

Etliche Monate waren vergangen, seit sie um seine Gnade gebettelt hatte. Kurz bevor der Schneesturm losgegangen war. Verdammt, hätte er doch nur einmal sein Herz reden lassen. Ihr einmal seine Liebe gestanden. Ihr beigestanden. Ihr seine Liebe bewiesen.

Warum tat er ihr das an? Was für einen größeren Liebesbeweis gäbe es denn auf Gottes Erden, als jemanden aus Liebe gehen zu lassen? Doch stattdessen überließ er ihr die Entscheidung.

Der offene Apothekerschrank, der sonst stets akribisch von ihm verschlossen wurde. War das seine Art *Ich liebe dich* zu sagen? War es ein Zeichen?

Ihr einst starker Lebenswille und ihr Kampfgeist büßten merklich an Kraft ein. Tag für Tag. Langsam, aber stetig brach ihr Wille. Stück für Stück.

Sie war klar bei Sinnen, während sie den Brief an Martha schrieb. Es war ein Abschiedsbrief. Martha würde es verstehen. Nur sie würde ihr verzeihen; ihr nicht böse sein.

Charles jedoch schwor sie Rache. Sie hatte sich so sehr nach Kindern gesehnt. Nach Kinderlachen in diesen großen alten Gemäuern. Damals, als sie noch so viel Liebe hätte geben können. So viel Geborgenheit hätte spenden können. Sie hätte gerne ein Baby im Arm gehalten, ihm Lieder vorgesungen. Es in den Schlaf gewogen. All ihrer Melancholie zum Trotz hatte sie nie ein böses Wort über Charles verloren. War nie ihm gram gewesen. Seine Arbeit war sein Leben. Sie hatte das stets respektiert.

Nie hatte sie laut geklagt, doch es war die Einsamkeit, an der sie zugrunde gegangen war. Die Verbitterung, die an ihrem Herzen stets genagt hatte. Der Verlust über die verlorenen Jahre hatte ihren Körper zerfressen. Es war kein Leben in ihrem Körper. Nur mehr der Schmerz erinnerte sie an ihr Dasein.

Sie hatte nicht blauäugig geheiratet oder gar des Geldes wegen. Elizabeth entstammte einem wohlhabenden Adelsgeschlecht. Sie selbst war die Tochter eines Mediziners und sich im Klaren darüber, welch Opfer die Ehefrau eines Arztes bringen musste. Sie war stets bereit dazu gewesen, ihr eigenes Glück hintanzustellen.

Als kleines Mädchen hatte Elizabeth das Weinen ihrer Mutter gehört. Nacht für Nacht. Es waren Tränen der Einsamkeit und des Schwermuts. Sie schlich oft zu ihrer Mutter ans Bett, legte sich zu ihr, versuchte Trost zu spenden und ihre Tränen zu trocknen. Ihre Mutter hatte an jenem Abend zärtlich durch Elizabeths Haar gestrichen, sie angelächelt und ihr zugeflüstert: »Es wird alles gut, mein kleines Mädchen. Es wird immer alles gut. Immer.« Es waren die letzten Worte ihrer Mutter gewesen.

Ach, hätte sie es doch gewusst. Wenigstens geahnt. Noch nie hatte sie den Mut dazu aufgebracht, das Grab ihrer Mutter zu besuchen. Nie Blumen auf ihre letzte Ruhestätte gelegt. Nie Tränen vergossen.

»Oh Mama, wie sehr kann ich es heute verstehen. Wie sehr habe ich dich damals gehasst. Habe nie verstanden, warum du von mir gegangen bist und mich verlassen hast. Mich allein gelassen hast. Ich wusste es nicht besser. Verzeih mir. Ich verspreche dir, du wirst nie wieder einsam sein.«

Elizabeth glitt ein dunkles Fläschchen aus der Hand, während sie ein letztes Mal nach Luft schnappte.

Der Wasserkrug krachte auf den Boden und zerbrach unter lautem Getöse, doch die Blumen hielt Martha noch fest in ihrer Hand. Sie hätte schneller sein sollen. Sich beeilen. Das Fenster schließen. Die Medizin bringen. Sie war zu spät. Martha zitterte am ganzen Körper. Ihr starrer Blick verriet ihr Entsetzen über das, was geschehen war.

Einen Augenblick später riss auch August die Tür auf. »Ich habe den Krach gehört. Was in Gottes Namen …?«

Martha schenkte dem alten Dienstboten keine Beachtung. Geistesgegenwärtig nahm sie das Fläschchen mit der giftigen Tinktur an sich und steckte es in die Schürze. Auf dem Nachtkästchen lag ein Brief: *Für Martha.*

Martha wollte ihr doch nur eine Freude machen. Sie hatte August noch in der Morgendämmerung in die Stadt geschickt, um Blumen zu holen. Einen letzten Blumengruß, bevor der Herbst sich dazu aufmachte, seinem mächtigen Vetter Winter Platz zu machen. Die Blumen hätten ein Lächeln in das Gesicht der Leidenden zaubern sollen. Ein wenig Freude in den von Krankheit geschundenen Körper bringen. So wie es Elizabeths Ehegatte einst getan hatte, als er noch unter den Lebenden weilte. Tag für Tag hatte er seiner Ehefrau Rosen ans Bett gebracht. Elizabeth war nicht nur seine Frau, sie war auch seine Patientin gewesen. Ihre Krankheit hatte ihn damals in eine schwere Gemütskrankheit getrieben, aus der er nie den Weg herausgefunden hatte. Behutsam legte Martha die Blumen auf den toten Körper.

»Mylady, Ihre Totenblumen.«

Der Rabe breitete seine Flügel aus und verschwand in der Dämmerung.

Es ist nicht der Tod, der uns Angst macht. Es ist der Weg dorthin. Das Unwissen, wo die Reise endet ... wo *unser aller* Reise endet.

Das Haus mit
den traurigen Augen

Das Haus mit den traurigen Augen

Auch wenn Sie mir nicht glauben mögen, nicht können, Sie es für unvorstellbar halten mögen. Mögen Sie mir vorhalten, meine Schilderungen seien nur das Ergebnis meiner verrückten Natur – angesiedelt an einem Ort zwischen Narrheit und Irrsinn –, so bitte ich Sie doch, meinen Ausführungen genau zu folgen. Ihr Urteil mag mich erschüttern, doch bei Leib und Seel schwöre ich, dass es sich genauso zugetragen hat, wie ich es nunmehr auf Papier bringe. Bei allem, was mir lieb und teuer war, mit keinem Wort habe ich etwas an den Geschehnissen verändert oder mit schriftstellerischer Raffinesse zu meinem Vorteil abgewandelt. Ich beteuere, das Haus hat gelebt. Geben Sie sich und mir die Zeit, meine Sichtweise diesbezüglich darzulegen. Es entsprach in keinster Weise meiner Natur, sich dem Leichtglauben zu widmen. Mein Wesen entsprach vielmehr dem eines hinterfragenden Skeptikers und dies bitte ich Sie, stets im Sinne zu wahren. Ich war ein Befürworter der Kontinuität und der Gewohnheit, sodass mich der Weg in der Droschke immer durch dieselbe Gasse führte. Tag für Tag. Woche für Woche. Monate vergingen und keines der unzähligen Male war mir dieses Haus in der sich eng ziehenden Kurve aufgefallen. Dies könnte wohl der feurigen Fahrweise meines Kutschers geschuldet gewesen sein, die mich in der besagten Biegung stets derart tief seitlich in den Sitz presste – ich dabei die Augen bange geschlossen hielt –, sodass sich mir die nähere Betrachtung hierorts als Ding der Unmöglichkeit erwies. Zugegeben, für mein Dafürhalten gab es bislang nichts, was mein Interesse für eine nähere Erkundung geweckt hätte.

Wie mir an jenem schicksalhaften Tag erneut bewusst wurde, betraf das Gesetz der Beständigkeit nur den Wandel selbst. Es war ein spätsommerlicher Tag, der neunundvierzigste Tag, an dem meine Nichte Lilian auf meinem Anwesen zur Sommerfrische weilen durfte. Es mag Ihnen unrühmlich erscheinen, dass Lilian über längere Zeit ohne Begleitung in meinem Hause nächtigte, so muss ich erwähnen, dass ihrer werten Frau Mutter, gleichsam meiner Schwester, Gott sei ihrer Seele gnädig, leider kein langes Leben beschieden war und Eliza noch während der Geburt ihres ersten Kindes verstarb. Wie Eliza erkrankte auch meine Nichte Lilian bereits in ihren frühen Kindertagen an erbbedingter Bleichsucht. Daher war es nur allzu verständlich, dass ich meiner Nichte während der Sommertage die klare und warme Luft hier gönnte. Ich mag nicht annähernd über so großes medizinisches Wissen verfügen wie mein Schwager, der Witwer der verstorbenen Eliza, doch Lilian blühte von Tag zu Tag mehr auf, während sie hier auf meinem Anwesen durch den familieneigenen Hain schritt, den kleinen Teich entlangflanierte, Gänse und Enten beobachtete und schließlich sich im Schatten der großen Platane ausruhte. Ich stellte ihr eine Zofe zur Seite, deren Aufgabe darin bestand, immer ein wachsames und achtsames Auge auf Lilian zu haben. Just vor zwei Tagen ertappte ich sie dabei, wie sie einen der Dienstboten nach Leinwand und Farbe schickte. Meine Nichte hatte vergangenen Sommer ihre Liebe zur Malerei entdeckt. Lilian hatte sich ein kleines Rosenbeet angelegt, um das sie sich stets meisterlich kümmerte. Sie war glücklich und somit war es auch mein Glück, das Versprechen einhalten zu können, das ich einst Eliza gegeben hatte – mich ihrer Tochter anzunehmen. Die Stadt bekam Lilian nicht sonderlich gut. Verehrt und umgarnt ihrer noblen Blässe und zierlichen Gestalt wegen, verstand mein Schwager die Weigerung seiner Tochter nicht, sich doch endlich für einen Mann zu entscheiden. Dutzende machten ihr den Hof, verzaubert von ihrem bleichen Antlitz. An manchen Tagen schien ihre Haut beinah im Licht zu verschwinden. Nur schwache blaue Linien zeugten davon, dass noch Blut durch ihre Adern floss. Mein Schwager war fest entschlossen, Lilian im kommenden Frühjahr zu verehelichen, nur so war an jenem schicksalsträchtigen Tag ihre erdrückende Schwermut zu verstehen. Je näher der Zeitpunkt ihres Abschieds rückte, desto mehr hatte sie sich in sich zurückgezogen. Dieser Abschied galt dieses Jahr nicht mir, nicht dem Sommer oder ihrer geliebten Malerei. Es hatte fast den Anschein, als wäre ihr Lebewohl an das Leben selbst gerichtet.

Als wehmutsvoll könnte ich ihren Zustand beschreiben, während wir die Kutsche bestiegen und fast vorwurfsvoll ihr an mich gerichteter Blick, als ich dem Kutscher schließlich das Zeichen zur Abfahrt gab. Ich würde meine Nichte vermissen, doch sah ich davon ab, auch nur einen Deut meiner Traurigkeit nachzugeben. Das Leben, das ihr Vater für sie entschieden hatte, würde ein gutes sein. Ein Leben, mehrere Tagereisen entfernt. Ein Leben, entfernt von ihrer Familie, doch sie würde eine neue Familie gründen. Ich seufzte bei dem Gedanken, dass Eliza die Möglichkeit genommen wurde, ihre Tochter ein Stück dieses Weges zu begleiten.

Der Kutscher bog in die Kurve, die Pferde scheuten, mein Kutscher fluchte, doch gelang es ihm alsbald, die Gäule zu beruhigen. Lilian saß neben mir und streckte die Hand in Richtung des Seitenfensters. Sie deutete auf ein Haus, das mir nie zuvor aufgefallen war. Dessen Bausubstanz zufolge stand es wohl schon seit Menschengedenken an diesem Ort. Es war ein kleines Haus mit leicht abgeschrägtem Dach. Für mich keines weiteren Blickes wert, doch Lilian zitterte, starrte wie gebannt auf das baufällige Gebäude.

»Sieh doch, Onkel, das Haus. Sieh, diese traurigen Augen.«

Bei allem, was mir lieb und teuer war, ich konnte die Meinung meiner Nichte nicht nachvollziehen. Ich konnte nichts dergleichen erkennen, nur zwei verschlossene Fenster, die einen genaueren Blick ins Innere nicht zuließen.

Mir erschloss sich der Grund nicht, warum Lilian so erpicht die Nähe dieses Hauses suchte. Ich gab ihrem Flehen schließlich nach und führte ihren leicht verwirrten Zustand auf ihre kindliche Wahrnehmung zurück, von der sie partout nicht ablassen wollte, und beschloss sohin, ihr diesen Wunsch zu gewähren. Mit beherzter Anstrengung gelang es mir, das marode Gattertor so weit zu öffnen, dass wir wagemutig hindurchschlüpfen und das fremde Grundstück betreten konnten, wohlweislich, dass sich hier wohl niemand

mehr aufhielt, der unserem Vorgehen Einhalt gebieten würde. Wir umrundeten das Haus, bis wir erneut an derselben Gartentür ankamen. Wir blickten einander fragend an, wie konnte es sein? Hatten wir beide den Eingang ins Innere des Hauses schlichtweg übersehen? Seit Langem hatte ich nicht so eine Regung bei Lilian verspürt. Sie drückte ihre feingliedrigen Finger fest gegen die Handflächen und presste ihre Lippen zu schmalen Linien. Ein weiteres Mal schlich sie ums Haus. Ich blickte zum Kutscher, der in meine Richtung gestikulierte. Für einen längeren Aufenthalt war keine Zeit. Ich hatte meinem Schwager unser Eintreffen noch vor Sonnenuntergang versprochen, andererseits weckte das Haus meine Neugier. Meinem analysierenden Naturell nachgebend, wollte ich der Sache auf den Grund gehen. Langsameren Schrittes und wachsam machte ich mich auf die Suche nach einer Eingangstür, in Gedanken bei Lilian, die wohl von mir unbemerkt noch einen alleinigen Versuch gestartet hatte, doch noch fündig zu werden. Ich tastete die Mauer ab, vergrub meine Finger in alten Mauerritzen. Suchte nach möglichen Spuren, die mich zu einem geheimen Einlass führen würden. Ich verwarf meinen ursprünglichen Gedanken daran, dass eine allfällige Öffnung von dem Besitzer zugemauert wurde, da diesfalls eine Auffälligkeit mir nicht verborgen geblieben wäre. Hätte ich an meinem Verstand zweifeln müssen, so hätte ich die Idee in Betracht gezogen, dass das Mauerwerk einst um die Fenster herum gebaut wurde. Nicht rational erklärbar war meine Idee, dass die Aufgabe dieses Hauses alleinig dem Schutze des darin Befindlichen bestand, ohne die Möglichkeit, zu etwas anderem zu werden. Es gewährte niemandem Einlass im gleichen Maße, wie es kein Entkommen ermöglichte. War dies Haus womöglich das Werk eines unter Wahnsinn leidenden Irren? Ein Geisteskranker hätte hier unentdeckt hausen können, doch zeugte der gepflegte Rosengarten, dass hier ein feinfühliges Wesen über den Garten wachte. Er wollte in keinster Weise zu dem Haus passen ohne Türen und Leben darin. Auch hatte ich ihn anfänglich nicht wahrgenommen, so sehr beschäftigten mich die Fragen nach dem Warum. *Das muss ein Künstler sein,* mögen Sie anmerken. Ich stimme zu, billigte man diesen Menschen doch eine meisterhafte Gratwanderung zwischen Genie und Wahnsinn zu. Es gibt nichts, womit ich Ihnen widersprechen könnte, doch auch keine zufriedenstellende Lösung, die ich Ihnen bieten könnte. Warum in Gottes Namen hätte jemand ein Haus ohne Tür errichten sollen? Warum hätte jemand diese Strapazen auf sich nehmen sollen? Eine Aufklärung dieses Rätsels bleibe ich Ihnen schuldig. Ich entschuldige mich dafür, dass es mir nicht gelungen ist, eine nachvollziehbare und zufriedenstellende Erklärung zu liefern.

Der Kutscher rief und ich rief nach Lilian. Die Pferde wurden ungeduldig. Wir mussten aufbrechen. Ich beschwor meine Nichte, keinen Mucks von sich zu geben, lief die Hausmauer auf und ab. Schrie laut meiner Nichte Namen, ließ davon ab, um zu lauschen. Kein Laut von Lilian.

Die Pferde scheuten. Der Kutscher fing an, wilde Handzeichen von sich zu geben. Ich musste mir eingestehen, dass sich mir der Grund seiner Handlungsweise nicht erschloss. Die Pferde würden so zu keiner Ruhe finden, das Gegenteil würde eintreffen. Die Gäule schnauften, stiegen hoch, sie waren kaum mehr zu bändigen. Der Kutscher hörte nicht auf, mit seinen Armen in der Luft zu wedeln, und immer wieder zeigte er in Richtung des Hauses.

»Die Fenster, die Fenster«, schallte es aus seiner Richtung.

Ich preschte zur Vorderseite, doch mir blieb das Schauspiel, das meinen Kutscher so in Schrecken setzte, verborgen. Die Fenster waren zu hoch, ich konnte nicht nach ihnen greifen, es gab nichts, an dem ich mich hätte emporziehen können, um auch nur einen Blick zu erhaschen. Was hätten Sie statt meiner getan? Weiterhin nach Lilian gesucht oder Ihrer Neugier nachgegeben? Ich entschied mich kurzerhand dazu, auf meinen Kutscher zuzugehen und ihn zur Besonnenheit zu ermahnen. Zu diesem Zeitpunkt war mir in keinster Weise bewusst, dass mir hier erneut die Irrationalität einen Streich spielen würde. Ich rammte meinem Kutscher den Ellenbogen in die Seite und setzte mich auf den Kutschbock. Die Pferde zeigten sich wild. Gemeinsam mit dem Kutscher, der nach meinem Rippenstoß wieder zur Besinnung gelangt war, gelang es uns, die Pferde so weit zu besänftigen, dass ich mich leichteren Herzens dem Haus zuwenden konnte. Vom Bock aus hatte man den Blick auf ein klares Fenster. Sanftes Licht schien im Haus zu flackern. Ich spähte durch die Fenster, sah, wie sich eine Gestalt darauf zubewegte. Der Kutscher machte Anstalten, erneut in weiberhafte Hysterie zu verfallen, doch vielleicht war es nur seine Art, nicht im Zustand einer geistigen Umnachtung zu verharren. Bei Gott, es war Lilian, die ich hinter dem Fenster erblickte. Sie verharrte starr. Regungslos. Unverkennbar: Es war – meine Nichte! Ihr dunkles Haar war mit den Schatten im Inneren des Hauses verschmolzen. Ihre blassblauen Augen sahen mich an. Ihr Blick trug kein Erkennen. Nun war ich es, der laut aufschrie. Nun war ich es, dessen Bewegungen in zwanghafte Gestikulation ausarteten. Durch das zweite Fenster erkannte ich Eliza, meine Schwester. Ebenso starr. Ebenso regungslos. Die gleichen blassblauen Augen. Anklagend. Unglücklich. Nie wieder sollte ich ihre traurigen Augen vergessen.

Heute, Jahre später, längst habe ich jedes Interesse an einer sachkundigen Aufklärung verloren, finden Sie mich – unzähliger Male der Nachtruhe beraubt – betrübt und gegrämt in meinem Schlafgemach. Die Tücken des Wahnsinns sind mir in keinster Weise mehr fremd, vielmehr noch: Ich begrüße und genieße diesen Zustand, der mir so wohlgesonnen die Linderung verschafft. Meine Befähigung, zwischen Sinnestäuschungen und der realen Seinsweise zu unterscheiden, ist mir längt abhandengekommen.

Jedweder Freude am Leben wurde ich beraubt. Licht meide ich und das Bett hüte ich. Ich lasse nicht nach meinem Arzt rufen, lasse niemanden in meine Nähe. Ich habe mir meine eigene Mauer gebaut, groß und dick. Ohne Tür, damit niemand hereinkann und ich nicht in Versuchung komme, in die grauenvolle Welt hinauszuschreiten. Und falls Sie, liebe Leser, eines Tages an jener Kurve vom Kutschbock schauen, so pflücken Sie eine Rose und geben Sie dem Kutscher das Zeichen zur Weiterfahrt.

Meeting III

Meeting III

Die Tiefe liegt in den Tälern, in denen
wir sie suchen, und nicht auf den Berggipfeln,
in denen sie gefunden wird
– Edgar Allan Poe

Augen auf. Augen zu. Augen auf. Die Zeit steht still.
2:23 Uhr in der Früh. Nicht Tag. Nicht Nacht. Nicht
Tag. Nicht *mein* Tag.

Die Nacht war kurz. Unruhig, ermüdend und
kühl. Ich habe gefroren. An mehr erinnere ich mich
nicht. Auch nicht an weniger. Nicht an gestern. Nicht
an heute. Nicht an die Zeit zwischen gestern und heute. Nicht an das, was vor zwei Minuten vorgefallen
war. Nichts war vorgefallen. Ich erinnere mich an
nichts. An das Nichts. Das ist doch gut. Ich erinnere
mich also doch. Mir geht es wie so vielen anderen. Er-
innert man sich an nichts, dann ist wohl genau dieses
vorgefallen: nämlich nichts. Zumindest nichts, was es
wert wäre, in Erinnerung zu bleiben. Also wozu diese
Dramaturgie? Warum so viel Lärm um nichts?

Ich greife nach meinem Handy. Das Display zeigt
3:05 Uhr. Ich höre den Wind. Habe wohl vergessen,
das Fenster zu schließen. Dieser Sommer war beharrlich gewesen, doch der Herbst ist nicht mehr länger
bereit, höflich um Einlass zu bitten. Bald. Bald würde
seiner Wut niemand mehr Einhalt gebieten können.

133

Noch ist er zurückhaltend und begnügt sich damit, über meine Wangen zu streichen und sanft mein Haar zu berühren. Für eine kurze Weile genieße ich seine Liebkosungen und vergesse dabei die Einsamkeit, die mich umgibt.

Ein Geräusch. Ich schrecke hoch. Mein Blick in die Dunkelheit verrät mir nichts. Da ist nichts. Nichts, das meine Augen erspähen können. Nichts, das mit klarem Verstand zu erfassen wäre. Nichts, außer einem Etwas, das deutlich spürbar ist. Etwas, das meine Seele berührt. Etwas, das meiner Seele bekannt ist. Etwas, das meine Seele vor Neugier zerspringen lässt.

Das schäbige Licht meiner schäbigen Lampe taucht das Zimmer in schäbiges Dunkel. Seit geraumer Zeit übernimmt diese Lampe die Funktion meines treuen Begleiters und Wächters in der Nacht. Sie gibt mir das Gefühl der – wenn auch trügerischen – Sicherheit. Als ob die Lampe mit ihrem zaghaften Licht das Böse von mir fernhalten könnte. Alle Lampen der Welt, so sehr sie auch strahlten, wären nicht in der Lage, sich gegen das Böse zu wehren. So sehr sich meine Nachttischlampe auch bemühte, ihr Licht würde nicht reichen, um meine Gedanken in Helligkeit zu tauchen. Ihr Schein würde nicht reichen, das Böse von mir fernzuhalten. Davon abzuhalten, dass es Nacht für Nacht an mein Bett schleicht. Mich beim Schlafen beobachtet. Doch ich klammere mich an diesen Gedanken wie ein Sterbender an das Leben. Wie ein Betender, der um Gottes Gnade winselt. Jenen Gott, der sich an menschlichem Leid zu ergötzen scheint. So ist das mit uns Menschen und ich stelle keine Ausnahme dar.

Je trügerischer die Hoffnung, umso fester und verzweifelter das krampfhafte und verbissene Festkrallen daran.

Feige? Ja, schön möglich. Ich sollte mehr Mut zeigen. Ich sollte die Lampe ausknipsen. Ich sollte warten. Warten auf das *Etwas,* das in der Dunkelheit an mein Bett herantritt. Vielleicht ist es nicht böse. Vielleicht ist es nur seine unerkannte Art, die mir Angst macht. Nacht für Nacht. Dieses Etwas, das die Nacht in sich trägt und hütet wie einen Schatz. Fast so, als wären es Kinder. *ihre* Kinder. Die Kinder der Nacht.

Doch vielleicht ist es auch ganz anders. Vielleicht. Vielleicht ist es ratsamer, den umgekehrten Weg zu gehen. In Angriff überzugehen, sämtliche Lichtquellen meiner Wohnung einzuschalten. Ich weiß es nicht. Zu wissen, ob etwas richtig oder falsch sei, liegt mir nicht. Entscheidungen zu treffen ist nicht mein Ding. Die richtige Entscheidung zu treffen ist mein personifiziertes Unding.

Die Luft ist unangenehm kalt. Ich friere. Mühsam hieve ich mich aus dem Bett und schließe das Fenster.

Ich schleppe mich ins Bad, das Glas auf meinem Nachtkästchen ist leer. Bin durstig.

Mein Badezimmer ist nicht minder schäbig als meine schäbige Nachttischlampe. Die Lampe im Bad flackert nicht weniger schäbig. Ich erkläre mich damit einverstanden, schäbig zu meinem persönlichen Unwort zu erklären. Passt gut zu meinem schäbigen Leben.

Ich drehe den Wasserhahn auf und warte. Endlich kommt es mir gut genug vor, trinkbar. Kalt. Eisig. Nur dann ist mein Hirn in der Lage, meine Sinne zu überlisten und den sonst schalen Geschmack des Wassers zu verdrängen. Auch nur so ein schäbiges Gehirn von vielen. Bereits zu Kindertagen habe ich mir Dinge eingebildet. So lange, bis die Einbildung als meine ultimative Wahrheit jede sonstige Wirklichkeit im Raum verdrängt hatte.

Ich versuche, die chronisch lockere Glühbirne über meinem Spiegel in ihre Fassung zu drehen.

Ach, hätte ich es bloß nicht getan und die Finger davon gelassen. Ein entsetzlicher Anblick, der sich mir bietet. Eine grauenvolle Kreatur, die mich aus dem Spiegel anstarrt, dieses abscheuliche Ding, hielt mich mit ihren Augen fixiert. Ein geiferndes Etwas, das nach mir greift und mich in seine Welt zerren will. Diese Kreatur kann unmöglich ich sein. Das bin ich nicht. Das da im Spiegel, was ist das? Es greift nach mir. Es packt mich am Arm. Der Gestank von vergammeltem Fleisch steigt mir in die Nase. Ich ringe nach Luft, möchte die ekelhaften Ausdünstungen nicht einatmen. Verfaulte Hautfetzen schlingen sich um meinen Körper.

»Nein!«

»Ich habe dein Glas aufgefüllt.«

»Danke.« Ich zögere einen Moment.

»Nur zu. Es ist nur Wasser, kühl, wie du es magst. Nimm einen Schluck.«

Ich kenne die Stimme, doch ich sehe niemanden. Die Stimme kommt aus dem anderen Ende des Zimmers. Es ist zu finster. Ich erkenne nichts. Keine Umrisse, keine Schatten.

»Verzeih, ich musste noch das Fenster schließen. Kalter Wind. Vorboten. Der Herbst zieht ins Land.«

Ich nicke.

»Schier eisig mancherorts. Nichtsdestotrotz mag ich den Herbst. Sein Wesen – so musenhaft – ist inspirierend. Verleitet zur Kreativität.«

»Um ehrlich zu sein, habe ich noch nicht darüber nachgedacht, ob ich den Herbst inspirierend finde und wozu er mich verleiten soll. Überhaupt und generell. Kann nur sagen, dass die Nächte spürbar kälter werden. Mir ist kalt, egal wie fest ich mich zudecke.«

»In der Tat. Nächte im Herbst lassen uns frieren. Sie lassen unseren Körper frösteln. Und unsere Seele. Der Herbst breitet sich ebenso in unseren Gedanken aus, macht uns müde. Er macht uns einsam.«

»Egal, ich bin gerne allein, nur an der Sache mit der Einsamkeit, an der muss ich noch arbeiten. Ich denke nämlich, sie macht mich verrückt.«

»Und ist nicht gerade diese Einsamkeit auch diejenige, die unsere Gedanken auf Reisen schickt? Uns neue Wege aufzeigt. Ist diese Einsamkeit nicht auch diejenige, die uns Abgründe erkennen lässt? Wir bekommen die Chance, dem Sturz zu entkommen. Sie liefert uns Erklärungen für unsere Träume. Sie hält uns umarmt. Nacht für Nacht. Tag für Tag. Wir blicken in die Tiefe unserer Seele. Einsamkeit hält unsere Augen offen, sodass wir keine Möglichkeit haben, den Blick abzuwenden. Wir müssen uns dem Unansehnlichen stellen. Schlussendlich beginnen wir zu sehen. Den Jahren der Blindheit folgt Erkenntnis. Wir erkennen. Wir verstehen und begreifen. Einsamkeit offen-

bart ungeahnte Welten. Das Verborgene wie auch das Rätselhafte. Die Dunkelheit wartet auf uns. Die Neugier nimmt dem Unbekannten den Schrecken.«

»Doch wer sagt mir, dass das Unbekannte mir nichts Böses will?«

»Niemand sagt das. Niemand hat das je behauptet.«

»Also will es mir doch etwas Böses? Mich schikanieren?«

»Kannst du dir gewiss sein, dass es sich nicht beim bereits Bekannten per se um genau das handelt, was dir längst Böses zufügt?«

»Ich verstehe nicht.«

»Das Böse zu kennen, bedeutet nicht zwangsläufig, es zu *er*kennen.«

»Ich kenne das.«

»Es ist uns auf eine perfide Art vertraut. Wir geben dem Schrecklichen einen Namen. Wir vergessen jedoch: Böses tritt niemals allein in Erscheinung. Das Böse gibt sich uns niemals zu erkennen. Reißen wir ihm auch hundert Masken aus dem Gesicht. Für jedes abgerissene Trugbild vermag es uns mit zwei weiteren Kostümierungen zu täuschen.«

»Aber wir können doch hoffen, dass …?«

»Papperlapapp, hoffen. Hoffnung ist etwas für Betrogene. Für Gebrandmarkte. Für all jene, die sich aus freien Stücken täuschen lassen, nur um nicht ihrer Wirklichkeit entrissen zu werden.«

Hoffnung, wiederhole ich in meinen Gedanken.

»Wie fühlst du dich?«

»Sterblich. Stück für Stück. Ein Teil nach dem anderen. Und ich kann nichts dagegen tun. Absolut nichts.«

»Du kannst es nicht ändern. Warum solltest du das Sterben aufhalten? Was hätte das Leben davon? Der Tod ist allem Leben vorbestimmt. Der Tod gibt neuem Leben die Möglichkeit zu sein. Gleich wie groß und mächtig das Leben uns erscheinen mag. So unzerstörbar und gewaltig. So allgegenwärtig. Es ist nichts im Vergleich.«

»Lebende fürchten ihn.«

Eine Weile ist es still. Wir lauschen dem Wind, wie er an den Fernstern rüttelt und daran zieht.

»Der Herbst«, fährt er schließlich fort, »wie schön er doch ist. Nicht wahr? Seine Mittagssonne taucht die Welt in schönstes Licht. Letzte Sonnenstrahlen wärmen unsere Nasen, Herbstsonne lässt uns zu Kindern werden, während wir durch raschelnde Blätterberge queren. Spinnen verlieren ihren Schrecken. Wir betrachten ihre Netze mit anderen Augen – wie sie erstrahlen unter der Sonne, Kristallen gleich. Bereitwillig vergessen wir dabei …«

»… dass alles stirbt.«

»Ja, der Herbst bettet die Natur zur Ruhe, noch ein letztes Mal zeigt sie sich in all ihrer Pracht. Nie ist sie so schön wie vor ihrem Tod. Es ist ein friedvolles Sterben. Der sich ihr nähernde Tod lässt sie funkeln und erstrahlen. Ein Leben wie nie zuvor, erfüllt von Frieden, von Farben, getaucht in Glanz.«

»Schön und doch auch traurig irgendwie.«

»Doch unabdingbar. Altes stirbt, damit Neues geboren wird. Das Alte muss weichen. Das Neue kämpft um sein Vorrecht. Sein Recht zu leben. Wie, sage mir, würdest du das Leben als das erkennen, was es ist?

Wie, wenn der Tod es nicht für sich beanspruchen würde?«

»Ich bin überfragt.«

»Sprich, was ist deine Meinung dazu?«

Ich zucke mit den Schultern, so vieles geht mir grad durch den Kopf. Ich werde müde, fühle mich kränklich, aber zu gesund, um tot zu sein.

»Vielleicht sind wir ja bereits tot und wir bilden uns das Leben nur ein. Vielleicht ist das Leben ja schon der Tod. Der Tod das Leben oder … ach, was weiß ich. Sag ja, ich bin überfragt. Und ich bin übermüdet. Der Tod da. Das Leben dort. Beides hier. Vielleicht ist alles nur ein Ganzes. Ein Gemeinsames. Vielleicht gibt es da überhaupt keinen Unterschied. Ich bin einfach nur müde.«

»Gut gesprochen, doch musst du dir das Leben nicht einbilden. Niemandes Einbildung wird es daran hindern, zu sein, was es ist.«

Ich gähne. »Fühle mich gerade mehr tot als lebendig.«

Während ich über mein Gesagtes nachdenke, schenkt mein Zimmergast erneut Wasser in mein Glas, obwohl ich nur wenige Male daraus genippt habe.

»So kommen wir nicht in die Versuchung. Nicht in die Versuchung eines Diskurses, ob das Glas nun halb leer oder halb voll zu sein hat.«

»Ist mir egal. Völlig irrelevant. Der Inhalt bleibt gleich. Es wird nicht mehr. Es wird nicht weniger. Das, was drinnen ist, ist drin.«

Er nickt zustimmend. »Keine endlosen Diskussionen darüber, wessen Anschauung nun die richtige ist. Keine Kämpfe um die vermeintlich richtige Meinung. Das Verharren in steifen Denkweisen ermüdet. Was folgt, ist ein Erstarren. Erstarren im Zorn.«

»Ich würde ja das Glas umstoßen. Dann hörte jede Diskussion auf, zumindest bezüglich des Mengeninhalts. Wenn nichts drin ist, ist nichts drin. Kein Wasser zumindest. Egal, ob es halb voll oder halb leer ist, Durst vergeht nicht. Trink oder stirb!«

Er grinst über das ganze Gesicht. »Nein, nein. Ich schenke lieber nach. Ich fülle das Glas immer auf. Ich will nicht, dass jemand verdurstet.«

»Ich gestehe, mit dir plaudere ich gerne über so manch Allerlei. Du bist ein ganz spezieller Gast. Nicht nur ein Gast. *Mein* Gast. Ein Gast, den ich gerne um mich habe.«

»Gast? Denke eher, dass das meine Wohnung ist.«

Er geht nicht näher auf meinen Satz ein. »Aber sag, wie kann es sein, dass du dich manchmal mehr tot als lebendig fühlen kannst?«

»Na ja, ich fühle nichts. Ich fühle mich wie ein Stück von einem *Irgendetwas*. Als ein Teil von einem E*twas*, das nie funktionieren kann.«

»Warum sollte es nicht funktionieren können?«

»Weil es nie als etwas Funktionierendes angedacht war. Es war nie der Plan, dass es funktionieren soll. Es ist etwas, das da ist. Etwas, das hier ist, nur um einfach da zu sein. Als ein Etwas, das unmöglich funktionieren kann, weil es nicht funktionieren darf.«

»Aber dann funktioniert es doch bereits. Und zwar einwandfrei.«

Ich mag nicht mehr reden. »Gibt es hier nicht etwas anderes zu trinken? Etwas Hochprozentiges?«

»Fühlst du dich nicht gut?«

»Nicht annähernd. Ich fühle mich gerade miserabel. Ich könnte einen Schluck Alkohol vertragen.«

»Aber du fühlst.«

»Zumindest mehr als ein Toter«, antworte ich etwas patzig.

Er lacht laut auf. »Hast du schon mal von einem Toten erfahren, dass er sich nicht gut fühlt und sich über das Leben seinen Kopf zerbricht?«

»Seinen knöchernen Schädel? Hoffen wir, dass er nicht geköpft wurde.«

Er lacht erneut.

»Unsere Unterhaltungen bereiten mir große Freude.«

»Das nächste Mal aber mit Wein.«

»Oh nein, bitte nicht für mich«, verneint mein Gesprächspartner, »bekommt mir nicht so gut.«

»Keine Diskussion, ich fülle dein Glas halb leer. Und meines halb voll.«

»So werden wir es machen,« flüstert er mit einem Augenzwinkern.

Ich greife wieder zu meinem Handy. 3:05 Uhr.

Das Glas auf meinem Nachtkästchen ist leer.

Es ist keineswegs eine irrationale
Vorstellung, dass wir in einer zukünftigen
Existenz das, was wir für unser
gegenwärtiges Dasein halten, wie
einen Traum betrachten werden.
– Edgar Allan Poe

Seelenfrieden

Seelenfrieden

I. Sie

Eine Weile schaute sie ihnen noch nach. Erst als die Meute nur mehr als ein dunkles Etwas in der Abenddämmerung zu erkennen war, fasste sie den Mut, ihren Blick abzuwenden. Es war ein ohrenbetäubendes Gegröle gewesen. Noch immer klangen die Schreie nach. Trunkener Jubel wechselte ab mit primitivem Gebrüll und gegenseitig zustimmendem Getöse.

Sie hatte das Pack beobachtet, direkt in ihre Gesichter geblickt. In jene kalten toten Augen gesehen. Blind für jedes Anzeichen von Leben. Sie kannte ihre Gesichter. Eine kranke Form der Freude war in ihnen abzulesen. Sie hatte ihre Fratzen genau beobachtet und nichts Menschliches darin erkennen können. Es waren nur mehr Masken, eine schrecklicher als die andere. Von Dämonen geschmiedet. Von Anwärtern getragen. Jedwede Barmherzigkeit hatten sie an die Hölle verkauft. Entstellte Grimassen, die sich am Leid anderer ergötzten. Sie labten sich am Elend, ergötzten sich an Marter.

Es waren dieselben Monster, die dem Allmächtigen huldigten und ihn priesen. Heuchler, die nur dem Bösen dienten. Sie verbargen ihren wahren Glauben gekonnt hinter dem Schein der heiligen Instanz.

Nunmehr war ihr Seelenopfer für niemanden mehr von Bedeutung. Unter Tage, als es sich noch die Seele aus dem Leib geschrien hatte, als das Entsetzen in seinen Augen noch deutlich zu erkennen war, da hatten sie noch gejohlt vor Freude. Doch ihre Euphorie war verstummt, in dem Augenblick, als der Schleier des Todes sich schützend über ihre Beute legte. Die Menge war befriedigt, ihre Gelüste gestillt. Für jenen Moment. Das grauenvolle Spektakel hatte sein Ende gefunden. Vorläufig.

Sie hielt die Luft an, bündelte ihre Sinne und lauschte. Deutlich vernahm sie des Menschen letzten Atemzug. Ein Seufzen. Leise. Erlösend. Kein Wimmern. Sämtliches Wehklagen erlosch. Sie hatte diesen Anblick schon zu oft ertragen müssen. Dieser Augenblick, wenn die gepeinigte Seele sich dazu entschloss, das Leben ziehen zu lassen. Es war jener Moment, in dem man sich der Ausweglosigkeit bewusst wurde. Dann, wenn man die Endlichkeit des eigenen Leibes in sich aufnahm. Wenn das Leben dem Tod Platz machte. Wenn es sich bereitwillig und aus freiem Willen zurückzog.

Ein letzter Kampf, ein letztes Aufbäumen, bis man es endlich verinnerlicht hatte. Ein letzter quälender Atemzug, nur um dann endlich loszulassen. Das Leben freizulassen und ihn willkommen zu heißen. Ihn, nach dem sich zu diesem Zeitpunkt alles in einem gequälten Körper sehnte: den Tod.

Der Tod wollte nur eines: jene erlösen, die nach ihm riefen und ihn darum baten, sie von den Schmerzen zu befreien. Er kam als das, was er war. Als ein treuer Gefährte. Als eine Erlösung. Das Ende war immer gleich. Es waren nur Nuancen, die sich voneinander unterschieden. Ein bisschen höher, bisschen länger, klein wenig kürzer. Lauter, leiser. Doch nie war der Weg zur Erlösung auch nur um eine Spur gnädiger.

In diesem Wald überlebten nur die Furchtlosen und die Kämpfer. Und das waren sie alle gewesen. Alle, die sie hier im Wald Zuflucht gesucht hatten. Ständig auf der Hut. Ständig auf der Flucht vor dem Grauen, das die Monsterhorden mit sich brachten. Die Menschen besaßen nur sich selbst und die Furcht, die sie vorantrieb. Die Furcht hielt sie am Leben. Hier gab es keinen Platz für Hoffnung.

Sie schüttelte ihr Federkleid. Der Mond kam wieder aus seinem Versteck heraus. Fast schien es so, als hätte jede Schöpfung auf das Ende dieses Gräuels gewartet. Leise und im Verborgenen. Sie spähte zum Mond hinauf. Ja, er war nun vollends in seiner Pracht aufgegangen, strahlend schön. Nunmehr in sich ruhend und Geborgenheit gebend.

Auch sie hatte sich versteckt, hoch oben in den Baumwipfeln. Abwartend. Ausharrend. Geduldig. Ein stiller Beobachter.

Vor dieser Zeit … damals … als die Menschen noch Hoffnung hatten. Und Glauben daran, dass alles gut werden würde. Damals, es hatte mit nichts anderem als einem einfachen Handel begonnen. Ein Geschäft, von dem sie sich mehr versprachen. Nur ein Tauschhandel. Die Menschen tauschten Blut und Seele gegen das ein, was sie hatten und was sie zu geben bereit waren: ihr Leben. Alles, was blieb, waren jämmerliche Kreaturen. Wertlose Hüllen. Existenzen ohne Verstand. Dieser Abschaum klammerte sich daran wie eine Affenbande an den letzten Bananenstrauch. Sie verteidigten ihr jämmerliches Dasein wie Hyänen ihr letztes Stück Aas vor einem hungrigen Rudel Löwen. Hätten sie doch bloß um ihr Leben gekämpft und nicht ihre Seele verkauft. Sie glichen zusammengesetzten Hautfetzen. Vergammeltem Fleisch. Eine unheilvolle Armee von Verwesenden, allein durch des Dämons sadistischen Humor dazu gezwungen, ihre siechenden Körper durch das Land zu schleppen.

Bloß Monster, bestialisch stinkend, mit Geifer, stetig triefend aus ihren Mundwinkeln.

Sie schickte ihre Gedanken hinfort. Das vergangene Geschehen hatte ihr gründlich den Appetit verdorben. Der Hunger meldete sich nun jedoch wieder eindringlich und forderte sie heraus. Der Mond spendete genügend Licht und versprach eine glückliche Jagd. Sie war eine geschickte Jägerin, von ihrer Beute gefürchtet. Es gab sie: jene, die als Opfer geboren wurden, doch sie … sie würde niemals zu ihnen dazugehören. Der Vogel spreizte seine Flügel, um im nächsten Moment zwischen den Bäumen zu verschwinden.

II. Wadar

Er schreckte hoch, der Jagdschrei einer Eule weckte ihn aus einem diffusen Zustand zwischen Dysphorie und Euphorie. Nur eine Eule, versuchte er sich zu beruhigen und seinen Atem zu drosseln. Augenscheinlich hatte er seine Verfolger abgehängt. Für heute. Für jetzt. Heute Nacht würde es keine weitere Treibjagd mehr geben. Jene Abscheulichkeiten verlangten nun nach Wein und Frauen. Frauen, die verschleppt und gedemütigt dem fanatischen Pack als Belohnung dienten.

Doch schon am nächsten Tag würden sich die Gesellen des Bösen wieder auf die Jagd machen und all jene geißeln, die noch von den alten Lehren wussten. Davon, wie es damals war. Jene, die es noch gekannt hatten: das Leben. Aus Geschichten, die ihnen ihre Mütter erzählten. Jeden Abend vor dem Einschlafen. So wie es schon ihre Mütter getan hatten. Und ihre Mütter zuvor. Und *seine* Mutter.

Die Alten hatten davon erzählt, auch er hatte damals am Lagerfeuer gesessen und den Geschichten gelauscht. Waren es bloß Märchen gewesen? Er spürte nichts von dem Leben in sich, dem noch heute unter vorgehaltener Hand gehuldigt wurde. Er sammelte sich, er durfte nicht in Gedanken verweilen.

Unter des Teufels Henkern herrschte Neid und Habgier. Sie trachteten nicht nach dem Leben oder gar dessen Sinn. So weit reichte ihr Verstand nicht. Sie hatten kein Sein, um danach zu begehren. Sie hatten ihr Sein längst verkauft und verraten. Ihr Selbst einfach eingetauscht. Der Teufel versprach ihnen dafür Seelenfrieden. Alles, was sie dafür tun mussten, war, ihm ihre Seele zu verschreiben. Er wollte sie nicht geschenkt. Nein, er versprach ihnen ein faires Tauschgeschäft. Er lockte sie geschickt in die Falle. Sie gaben dem Teufel nur allzu gerne, wonach er begehrte: ihre Seelen. Zurück blieben leere Körper. Seelenloses Fleisch. Ein sich zersetzendes, ekeliges Stück Fleisch. Ein verwesendes Etwas.

Diese stinkende Brut wusste nichts davon. Davon, wie es war. Davon, *was* es war. Davon, wie es *nicht* mehr war. Leben? Sie konnten sich nicht mehr daran erinnern. Jede vage Ahnung daran war verblasst. Nichts war geblieben. Wissen, verschwunden in der Ewigkeit. Allein der Umstand, dass das Leben ihnen fremd war, gab ihnen Grund, es zu verteufeln, zu jagen und zu vernichten. Es war nichts weiter als Angst. Nackte Angst vor dem, wofür andere bereit waren zu sterben. Angst vor dem Leben. Und so mordeten und schlachteten sie weiter. Metzelten diejenigen nieder, die im Wald nach Zuflucht suchten. Diejenigen, die nur aus einem Grund kämpften: um zu überleben. Die Sünde, die ihren Opfern vorgeworfen wurde und wofür diese sterben mussten, war das Leben selbst. Und das war es, was sie ihnen rauben wollten.

Er ertappte sich dabei, nach dem *Warum* zu fragen. Als ob das Leben nicht seinen Sinn in sich trüge.

Warum dafür sterben? Für dieses Leben. War es nicht besser, nichts zu wissen? Es nicht zu kennen? Wissen bedeutete Sterben. Und Sterben bedeutete einen qualvollen Tod.

Sein Blick irrte zwischen den Bäumen umher. Spähte nach Zeichen. Suchte nach Botschaften.

Etwas schien nach seinem Bein zu greifen. Versuchte es und scheiterte.

Fast wäre er über dessen armselige Körperhülle gestolpert. Zähflüssiges Blut bildete kleine Lachen um den toten Leib. Entsetzt entfernte er sich von dem stinkenden Körper. Der Himmel zeigte sich gnädig und schickte Regen, um Mutter Erde von dem versifften

Blut reinzuwaschen. Auf eine eigene Art beruhigte es ihn, dass diese grässlichen Geschöpfe bluten konnten. Vielleicht steckte doch ein Rest von Menschlichkeit in ihnen. Und vielleicht … ja, vielleicht waren ihre Seelen noch zu retten.

Er hob seinen Kopf gen Himmel, schloss seine Augen und genoss für einen Augenblick den Regen auf seinem Gesicht. Schweiß und Blut flossen seine Stirn hinab. Diese Bilder gehörten nun für immer ihm. Der Regen wollte ihm die Bilder nicht nehmen. Sie wurden lebendig, wann immer es ihnen passte. Wo immer ihnen danach zumute war – und *immer* war eine lange Zeit. Diesen Bildern war er hilflos ausgeliefert. Vergangenes schien sich ständig zu wiederholen. Zukünftiges wurde zu einer Erinnerung. Vergangenes zum Hier und Jetzt. Jeder Schmerz war so real. Jeder Blutstropfen so warm und der Tod allgegenwärtig. Egal zu welcher Zeit und an welchem Ort. Es wiederholte sich. Immer und immer wieder. Der Geruch von verkohlten Leichen, das Jammern der Alten, um Gnade flehende Frauen … Die Erinnerung daran war auf ewig sein. Er hörte die Kinder schreien, tags in seinen Träumen. Des Nachts, wenn er wachte.

Ein Geräusch, er hörte gespannt hin. Ein Schatten, er öffnete seine Augen. Der Regen verschleierte ihm die Sicht.

Beides schien oben in den Baumwipfeln seinen Ursprung zu haben. Er versuchte zu sehen. Er versuchte zu hören. Er lauschte. Er blinzelte.

Ein Erkennen. Ein erneutes Blinzeln, jedoch hoffend, sich geirrt zu haben. Vielleicht spielten ihm seine

Augen einen Streich. Doch warum sollten sie? Einfach so? Völlig grundlos? Einfach aus Spaß an der Freude? Weil sie es konnten? Er wollte nicht glauben. Das, was er sah, ließ ihn straucheln. Er erkannte den leblosen Körper seines Freundes und Kameraden. Mit einer Schlinge um den Hals baumelte die Leiche an einem Ast, sanft schaukelte sein Leib an einem Seil hin und her. Pures Entsetzen stieg in ihm auf. Starr fixierte er das Gesicht des hängenden Leichnams. Kein Paar toter Augen, das ihn anstarrte. Das, was ihn anstarrte, waren zwei leere Augenhöhlen. Sie glotzten auf ihn herab. Er unterdrückte den Impuls, schreiend wegzulaufen. Nein, er hatte schon zu viel gesehen und erlebt, um davonzurennen und sich vor dem Tod zu verstecken. Er musste ruhig bleiben. Nicht wieder davonlaufen. Vor dem Tod konnte sich niemand verstecken.

Der Mann da oben, das war sein Freund. Der Tod hatte ihn gefunden. Es war angerichtet. Die ersten Aasfresser baten zu Tisch. Ein Festmahl.

Nicht der Tod war es, der Kummer verbreitete. Nicht der Tod war es, den es zu verachten galt. Er sah nochmals hinauf. Nein, der Tod war es, der seinem Freund die Erlösung gebracht hatte. Es war der Weg dorthin, der von Leid und schier unbändiger Qual geprägt war. Und nichts, was er sich je ausgemalt hätte, keine Schreckenstat käme annähernd der Folter gleich, die sein Freund durchleben musste, bevor sich Gevatter Tod dazu entschloss, ihn zu sich zu holen.

Wadar hatte ihn schreien gehört, als er den Boden unter den Füßen verloren hatte und in die Grube gestürzt war. Noch immer hallte sein vor Schmerz ersti-

ckender Schrei in seinem Kopf nach. Er hätte zurück-
laufen und ihn befreien müssen. Mit ihm kämpfen.
Für ihn. Mit ihm sterben. Doch er hatte nichts dergleichen getan. Er schämte sich für seine Feigheit. Er war
einfach weitergelaufen. Gerannt um sein Leben. Gerannt, nur um das wenige zu schützen, das er besaß.
Das nackte Leben. Er hatte es nicht gewagt, sich auch
nur umzudrehen. Was hätte er auch tun sollen? Sie
hätten auch ihn umgebracht. Aufgehängt und ihm die
Augen ausgestochen.

Er sank auf die Knie. Er wollte beten. Zu wem? Zu
Gott? Ihm danken? Wofür? Für sein Leben? Dafür,
dass er das Leben noch mit sich trug? Zu welchem
Preis? Gott schenkte kein Leben, ohne sich ein anderes
dafür zu nehmen. Auch er war nicht mehr als ein
Händler.

Kurzentschlossen stand er auf und kletterte am
Baumstamm hoch. Mit seinem Dolch schnitt Wadar
das Seil durch und ehe er sichs versah, fiel der Körper
zu Boden. Mit demselben Geräusch, mit dem ein nasser, schwerer Sack gefallen wäre.

Er spitzte seine Ohren. Nein, es waren nur die üblichen Geräusche des Waldes und seiner Bewohner. Er
ließ sich vom Baum fallen und landete gekonnt auf
seinen Beinen. Er zwang sich zur Ruhe und zur Besonnenheit. Und zur Eile. Mit einem Satz hievte er den
ausgemergelten Körper über seine rechte Schulter. Der
Körper war schwerer, als es zunächst den Anschein
hatte. Auch wenn es das Letzte sein würde, er würde
seinem Freund eine angemessene Ruhestätte zukommen lassen.

III. Das Zwiegespräch

»Angemessene Ruhestätte«, hallte es in seinem Kopf. »Was stellst du dir darunter vor?«

»Ich weiß es nicht. Ich werde es wohl wissen, wenn ich dort angelangt bin.«

»Also, was? Du meinst, du hoffst, dass du es weißt.«

»Ja, genau. Ich kann nichts mehr als hoffen.«

»Hoffen? Du hoffst? Ernsthaft? Denkst du, mir ist nach Hoffnung zumute? Sieh doch, wohin mich die Hoffnung gebracht hat.«

»Ich verstehe nicht …«

»Was gibt es da nicht zu verstehen? Du schleppst meinen zerschundenen Körper quer durch den Wald. Irgendwohin und aus irgendwelchen Gründen.«

»Du wirst sehen, ich mach das schon.«

»Sehen, ernsthaft? Ich muss dich enttäuschen. Meine Augen hat längst ein verdammter Krähenvogel verspeist.«

»Ich dachte …«

»Du dachtest, dass diese Horde Verrückter mir die Augen ausgestochen hätte? Nein, es waren diese verdammten Vögel, diese verdammten schwarz gefiederten Bestien. Man darf sie nie aus den Augen verlieren. Außer natürlich wie in meinem Falle, da sind nicht nur die Augen längst verloren.«

»War es davor oder danach …?«

»Die Augen? Konnte es noch spüren, es war so ziemlich das Letzte, was ich zu meinen Lebzeiten noch gespürt hatte. Bevor ich die Augen für immer schloss.

Die Wortspielereien beginnen mir Spaß zu machen. Sagen wir, ich hatte das Vergnügen, meinen zwei gefiederten Peinigern ins Auge zu blicken.«

»Und …«

»Man ist fest davon überzeugt, jeden menschenmöglichen Schmerz bereits ertragen zu haben. Und man kann. Die heißen Klingen, die sie mir ins Fleisch gerammt haben. Die fast schon behutsamen Schnitte, mit denen sie mir Haut vom Körper schälten. Das Geräusch vom Bersten der eigenen Knochen. Man betet förmlich um den Gnade bringenden Strick um den Hals. Und du weißt, wie ich zum Gebet stehe. Beten und hoffen, beides der gleiche Schwachsinn. Doch ich verrate dir ein Geheimnis: Jeder betet. Irgendwann kommt die Zeit. Es ereilt einen die Stunde, in der man weiß, was zu tun ist. Man betet. Oh, habe ich gebetet.«

»Zu Gott?«

»Ich bitte dich. Zu Gott? Ich betete zum Tod. Ich habe um ihn gebeten. Gebettelt. Gewinselt wie ein Hund. Ich betete um Erlösung.«

»Hast du ihn gesehen?«

Was folgte, war schallendes Gelächter.

»Gute Frage, mein Freund. Ja, ich konnte noch sehen. Doch nicht den Tod. Der Frevler ließ noch auf sich warten. Doch ich sah seine Vorboten. Sie krallten sich an meiner Brust fest und machten sich einen Jux daraus, mir die Augen auszuhacken.«

»Wenn ich bloß …«

»Wenn du bloß was? Was denn genau? Was hättest du tun können? Mir den Strick schneller um den Hals gelegt? Das betäubende Gefühl, nach Luft zu röcheln, hätte wohl früher eingesetzt. In der Tat. Ich habe geröchelt, gierig nach Luft geschnappt, in dem Wissen, dass gerade dies mein Ende nur hinauszögerte und die Qualen verlängerte. Paradox, nicht wahr? Mein Körper baumelte und zuckte. Ein Todestänzchen.«

»Ich hätte …«

»Was hättest du? Was hättest du getan? Mir das Genick gebrochen, damit die Erlösung schneller käme? Mir die Zunge rausgeschnitten, damit sie sich nicht an meinen gellenden Schreien hätten ergötzen können? Diese Berserker, sie kosteten es aus. Jeder meiner leidvollen Atemzüge bereitete ihnen Lust und fast schon kindliche Freude.«

»Wäre ich bloß da gewesen …«

»Du warst es aber nicht. Du bist davongelaufen wie ein feiges Weib. Hast dich nicht einmal umgedreht. Hast du mich nicht schreien gehört? Ich habe nach Hilfe gerufen. Nach dir. Du hast es noch geschafft, die Grube zu überspringen, doch ich rutschte aus und fiel in dieses Loch. Ach, hätten mich die Pfeiler doch gleich aufgespießt, doch sie sollten mich nur in Starre versetzen. Ich sollte gelähmt sein von dem Anblick, der sich mir bot. Pflöcke und kleine Speerspitzen, die sich durch mein Fleisch bohrten. Die Meute wollte mich lebend. Sie wollte zusehen, wie es ist zu leben. Ob sie es in mir finden würde: dieses Leben. Sie wollten wissen, wie es ist, wenn es mich verlässt: dieses Leben. Wie es ganz langsam aus meinem Körper entwich. Warum ich bereit war, darum zu kämpfen. Warum ich bereit war, dafür zu sterben.«

»Und warum warst du bereit, kennst du die Antwort?«

»Nein, sollte ich sie jemals gekannt haben, so erinnere ich mich nicht mehr. Jetzt, da ich tot bin, erschließt sich mir der Sinn des Lebens nicht mehr. Hatte ich je einen Sinn gesehen im Leben, so strafe ich mich jetzt einen Unwissenden. Einen Narren.«

»Ich war feige.«

»Ja, ein Feigling. Aber wie hätte ich an deiner Stelle gehandelt? Wir wissen es nicht. Wäre ich dann nicht auch bemüht gewesen, mein nacktes Leben zu retten? Ich kann es dir nicht sagen. Welcher Teufel dich auch immer geritten hat, mir deine helfende Hand zu verweigern. Nein, mein Freund. Nein, ich sollte aufhören, wie ein Sterblicher zu denken. Das bin ich ja nun nicht mehr. Auch kein Sterbender. Ich bin ein Gestorbener. Und ich weiß. Und ich sehe. Und das ohne Augen. Ich würde dir zuzwinkern, wenn ich könnte.«

»Aber ich wollte …?«

»Du wolltest, doch du hast nicht. Du hast mich nicht erlöst. Mich nicht befreit, mich nicht gerettet. Mir nicht beigestanden. Du bist nicht mit mir gestorben. Es wäre ein Einfaches gewesen. Hättest du mich bloß gleich getötet und nicht den Bestien zum Fraß vorgeworfen. Das, mein Lieber, ist das einzige, was ich dir ankreide.«

»Es tut mir leid.«

»Entschuldige dich nicht für etwas, das du wieder tun würdest – unter denselben Voraussetzungen, versteht sich. Entschuldigungen sind lächerlich. Glaubst du, dass Entschuldigungen je etwas ungeschehen hätten machen können?«

»Nein.«

»Was geschehen ist, ist geschehen. Aber halb so schlimm. Mir geht es gut und nie wieder würde ich mein jetziges Sein für ein Leben eintauschen. Sieh mich an! Nichts weiter als ein totes Stück Fleisch. Eine Hülle ohne Schmerz und Leid. Alle Last ist mir von meinen Schultern gefallen. Kein Ballast mehr. Es sind deine Schultern, auf denen nunmehr Gewicht lastet. Und zwar das meinige. Bin schwer, nicht wahr? Vielleicht solltest du mich vollends abschälen und mich als Rolle mitnehmen. Meine Gebeine könntest du hier zurücklassen.«

»Hör bitte auf, so zu sprechen.«

»Ich sage doch gar nichts.«

»Du redest doch mit mir.«

»Sei bitte vernünftig. Einmal in deinem Leben. Wie kann etwas Totes denn sprechen? Und tot bin ich doch wohl. Daran zweifelst du doch nicht.«

»Nein, natürlich nicht. Du bist tot. Ich weiß, du kannst nicht mehr am Leben sein.«

»Jedenfalls kein Leben, wie du es kennst.«

Diese Stimme im Kopf würde ihn noch verrückt machen. Er halluzinierte, bildete sich Stimmen ein. Er war müde und hungrig. Hatte seit Tagen weder gegessen noch getrunken, sodass ihm seine Sinne miese Streiche spielten. Er musste schlafen. Sich kurz ausruhen, doch bislang war er an keiner Stelle vorbeigegangen, die ihm auch nur annähernd Schutz versprochen hätte. Er musste weiter und den Leichnam vergraben. Am besten hier. Er war tief bis in die Waldesmitte vorgedrungen. Sogar der Mond hatte längst damit aufgehört, ihn zu begleiten. Kein Vogel auf Beutezug, keine

Maus, die im Laub raschelte. Keine Augen, die ihn aus dem Dickicht beobachteten. Er musste die Last von seiner Schulter loswerden. Er sollte seinen Freund hierherlegen. Hier, ihn weich auf Laub betten und seinen Körper unter Ästen und Reisig verstecken.

»Das ist aber nicht dein Ernst? Hier, einfach so im Wald. Am Boden? Da hättest du mich doch gleich oben am Baum hängen lassen können …«

»Ich kann nicht mehr. Ich bin müde.«

»… und mich den Würmern und Maden überlassen?«

»Du hast recht. Nein. Es ist nur so, dass …«

»… dass ich zu schwer bin. Jetzt muss ich mich entschuldigen, dass ich so eine große Last bin. Aber das Gehen mag wohl nicht so klappen. So wie du es dir vorstellst. Du wirst mich wohl noch eine Weile ertragen müssen.«

»Nur etwas hinsetzen, in Ordnung? Nur kurz.«

So behutsam wie möglich ließ er den toten Körper von seiner Schulter gleiten. Er versuchte ihn mit dem Rücken an einen Baum zu lehnen, doch der leblose Körper glitt links zur Seite und landete auf dem Waldboden.

»Au, das ist aber nicht sacht.«

»Entschuldige bitte, ich versuch es anders.«

Wadar setzte ihn nochmals hoch und stützte seinen Körper mit einem Ast ab.

»Schon besser, es piekst etwas, aber ist in Ordnung. Danke.«

Wadar ließ sich erschöpft auf den Boden fallen, lehnte seinen Kopf an den Baum und noch bevor er auch nur nach einem Gedanken greifen konnte, war er ihm auch schon entglitten. Die Anstrengungen der letzten Tage und Wochen forderten ihren Tribut. Er konnte das näher kommende Schnaufen nicht mehr hören. Das schnaubende Etwas schlich auf allen Vieren an ihm vorbei, blieb stehen und schnüffelte abwechselnd an den zwei Körpern. Mit einem kurzen Knurren machte es sich angewidert von dannen. Der Gestank der beiden war der Kreatur zutiefst zuwider.

IV. Der Wald

Der Morgen dämmerte wohl bereits, doch hier in den Tiefen der Wälder war es noch dunkel und feucht. Die Bäume sperrten jegliches Tageslicht ab. Sie ließen gerade so viel Sonne zu, wie sie selbst zum Überleben benötigten. Sie taten es nicht aus Böswilligkeit oder gar um jemandem zu schaden. Das Gegenteil lag diesem Wesenszug zugrunde. Sie beschützten jene, die es bis hierher geschafft hatten. Es schien ihnen ein Rätsel, warum Lebende wieder fortgingen und diesen geschützten Ort verließen. Menschen nannten es Hoffnung. Ob diese Hoffnung da draußen auf sie wartete und sie mit offenen Armen empfangen würde? Was war es denn, was sie so tief ins Herz des Waldes getrieben hatte? Die Hoffnung selbst? Die Hoffnung machte wohl ein Spiel daraus, Gepeinigte noch mehr leiden zu lassen.

Der Wald jedoch mischte weder die Karten noch teilte er sie aus. Im Grunde war er nicht mehr als ein stummer Beobachter. Nur manchmal griffen die Bäume ein. Und sie würden es bei diesem Mann am Boden wieder tun. Sie konnten das Erlebte von seinem geschundenen Körper ablesen. Ungehindert drangen sie in seine Gedanken ein, lasen diese, tasteten nach ihnen und schickten Träume. Neue Träume. Träume, nach denen sich der menschliche Geist sehnte. Diese Träume wogen die Menschen in Sicherheit und gaben ihnen so die Möglichkeit, sich auszuruhen. Doch die endgültige Entscheidung lag in des Menschen Hand. Welchen Weg sie einschlagen würden, wofür auch immer sie sich entscheiden würden, die Träume zeigten ihnen nur den Weg. Einen Weg von vielen. Streng genommen hatten sie keine andere Wahl. Die Menschen mussten sich entscheiden. Für oder wider das Leben. Oder für immer in der Verdammnis zu verschwinden. Nicht tot. Nicht lebendig. Wandelnd zwischen dem Dies- und dem Jenseits. Unfähig, sich für eine Seite zu entscheiden – aus dem einfachsten aller Gründe: Sie wussten es einfach nicht. Sie existierten einfach. Das Wissen über das Leben war ihnen längst abhandengekommen. Das Leben war nicht einmal mehr ein Gedanke. Doch sie glaubten an die Erinnerung, die sie selbst nie besessen hatten.

Wadar öffnete die Augen. Ein Käfer krabbelte an seiner Hüfte vorbei – Richtung Bauchnabel.

Ein mutiger, kleiner Kerl, dachte er bei sich. Wadar schnappte nach ihm und hielt ihn vor sein Gesicht. Einen kurzen Augenblick später war der Käfer nichts mehr als ein eingespeicheltes Ding in seinem Mund. Er würgte es hinunter, setzte sich auf und klopfte Staub von seiner Kleidung. Wie lang er wohl geschlafen hatte? Der dichte Wald machte es schier unmöglich, die Tageszeit auszumachen. Doch er bildete sich ein, es wäre heller geworden. Vielleicht verfing sich das Licht in den dichten Baumkronen und erreichte ihn nicht. Aber oben war ganz bestimmt Licht.

Hunger plagte ihn. Morsches, feuchtes Holz. Er brauchte es nur hochzuheben. Lichtscheues Getier im Überfluss, einen Wurm nach dem anderen führte er zum Mund. Fast behutsam.

Doch der Hunger hatte nichts über für Manieren und Sitten. Geschweige denn für Anstand. Hunger kannte keinen Ekel. Keinen, den man nicht überwinden konnte. Schaufelartig stopfte er sich weiteres windendes Futter in den Mund. Für Kauen blieb keine Zeit. Er durfte seinem Würgereflex nicht nachgeben. Er musste bei Kräften bleiben, musste essen. Er brauchte Nahrung, doch er verlor den Kampf. Der Brechreiz ging als Sieger hervor. Wadar hustete und spuckte windende Körper, kleine Beinchen, Fühler und Flügelpaare aus dem Mund. Es war ihm wohl nicht gut bekommen. Er japste nach Luft, das Herz raste, sein Blut kochte. Übelkeit zwang ihn auf die Knie. Er würgte und erbrach sich. Kalter Schweiß. Sein Herz schlug so heftig, als wolle es ausbrechen und fliehen.

Fliehen war sein Stichwort. Er war auf der Flucht. Er wollte sich nur kurz ausruhen, hinlegen. Etwas schlafen. Dann wollte er weiter. Sein Freund, er musste ihn von hier wegbringen.

Er brauchte noch etwas Ruhe. Nur ein wenig noch die Augen schließen. Vielleicht würde es doch heller werden. Etwas wärmer. Die Erde war feucht. Er fröstelte und zog die Beine dicht an den Körper. Die Arme verschränkt, wippte er langsam hin und her. Hin und her. Hin und her. Tatsächlich. Es wurde wärmer. Sein Herz schlug langsamer. Leiser. Er sank zu Boden und fühlte weiches Moos unter seinem Kopf. Träume schlichen sich ein. Er war wieder ein kleiner Junge. Seine Mutter erzählte ihm Geschichten von damals. Sie erzählte davon, wie es früher gewesen war. Bevor die Plünderungen begonnen hatten. Bevor die wilden Horden in das Gebiet der Menschen eingedrungen waren. Sie erzählte von den bunten Blumenwiesen, so wie sie es von ihrer Mutter schon gehört hatte. Sie erzählte von den schönen Häusern. Sie erzählte davon, wie schön Kinderlachen war. Er roch das Parfum seiner Mutter. Fühlte, wie sie zärtlich über seine Wange strich und ihm leise eine gute Nacht wünschte. Er hörte, wie sich die Tür schloss. Das Klappern des Geschirrs begleitete ihn in den Schlaf. Es war ein Geräusch, das ihm Geborgenheit versprach. Bis zu jenem Abend. Jenem Abend, als ihn der erschütternde Schrei seiner Mutter aus dem Schlaf riss. Das Geschirr, es war mit lautem Getöse zu Boden gefallen.

Er war damals geflohen. Wie sein Vater hatte er seine Mutter zurückgelassen. In seinem Nachtgewand war er aus dem Fenster gesprungen und gerannt. Er war so weit gelaufen, wie ihn seine Beine tragen konnten. Qualm. Überall Rauch. Der Himmel hatte sich zu einem dunklen Feuernebel verdüstert. Frauen schrien und warfen sich schützend vor ihre Kinder. Jene armen Seelen, denen die Flucht gelungen war, wurden zu dem, was er heute war. Zu einem Vertriebenen. Getrieben und auf der Suche nach einem Leben. Alles, was blieb, war das Leben. Die Suche danach. Das Leben war nicht mehr als eine Erinnerung. Eine Flucht vor der Erinnerung.

V. Das Versprechen

Ein Tautropfen benetzte sein Gesicht. Es war lange her, dass er so etwas Feines und Zärtliches gefühlt hatte. Die letzte zärtliche Berührung, die er gespürt hatte, war vor einer Ewigkeit gewesen. Wadar fühlte sich ziemlich ausgeruht. Er bemühte sich, die Tageszeit auszumachen. Die Lichtverhältnisse hatten sich nicht verändert, seit er sich hier zum Ausruhen hingesetzt hatte. Stunden. Oder waren es Tage, die er geschlafen hatte? Es war auch nicht weiter wichtig. Er musste schauen, dass er vorwärtskam. Er konnte hier nicht für den Rest seines Lebens sitzen und ja, was tun? Hier gab es nichts zu tun. Nicht für ihn. Außer natürlich Selbstgespräche zu führen, verrückt zu werden oder einfach nur auf den Tod zu warten. Oder ihm einfach ein Stück entgegenzugehen. Der Tod und er könnten sich doch auf halber Strecke treffen.

»Hättest du die Güte?«, hörte er die Stimme.

Er stand jäh auf. Die Körperhaltung verriet große Anspannung, Furcht war darin zu erkennen. Übler Geruch stieg ihm in die Nase.

»Hast du mich vergessen? Du hast mich an den Baum gelehnt. Ich bin zur Seite gekippt und schlug auf den Boden auf. Jemand hat an mir gezogen. Mich ins Dickicht verschleppt. Würdest du bitte?«

Was hatte er noch vor Kurzem gedacht? Die Option, verrückt zu werden, wurde ihm genommen. Er war längst verrückt geworden, das lag klar auf der Hand.

Eine breite Spur bis zum Unterholz fiel ihm auf. Ein wohl ehemals menschlicher Körper – zumindest ähnelte es einem –, der durch den Wald gezerrt wurde.

»Fällt es dir wieder ein? Du wolltest dich nur kurz ausruhen.« Erneut dieselbe Stimme.

Wadar wagte sich weiter vor. Der bestialische Gestank ließ ihn instinktiv ein paar Schritte zurückweichen, er sammelte sich und bahnte sich schließlich einen Weg durch das Dickicht. Ein scheinbar aussichtsloses Unterfangen. Je mehr Ästen und Zweigen Wadar auswich, desto mehr davon schienen nachzuwachsen und wie knochige Arme nach ihm zu greifen. Sie zerrten an seinen Schultern. Wurzeln schlängelten sich um seine Beine. Seine linke Hand hielt er schützend vor seine Augen. Mit dem Dolch in der rechten wollte er das Unmögliche. Es glich mehr einem verrückten Tanz. Mit hektischen Bewegungen riss er kleine Wunden in das Holz.

Er spürte warmes Blut auf seinem Gesicht. Es berührte seine Lippen. Eigenartig, sein Blut schmeckte ihm.

»Da bist du ja endlich. Viel ist ja wohl nicht mehr über, was einer letzten Ruhestätte bedarf. Ich bin wahrlich froh, mich nicht sehen zu müssen. Allein mein Gestank reicht mir.«

Ein abscheuliches Bild, das sich Wadar bot. Leichenteile lagen verstreut. Fraßspuren. Fleischstücke aus dem Körper gerissen.

»Sag, wie sieht es aus?«

Wadar grummelte etwas, das nur entfernt an Worte erinnerte.

»Du redest wohl nicht mehr mit mir. Bin dir wohl nicht lebendig genug. Im Grunde sollten wir gerade deshalb zusammenpassen.«

»Wie meinst du das?«

»Oh, du hast deine Sprache wiedererlangt.«

Wadar hob den Arm mit dem Dolch in der Hand und …

»Nein, tu mir nichts. Ich hänge doch so an meinem Leben. Scherz, das einzige, woran ich mich erinnere, ist am Galgen gehangen zu haben. Zumindest in einem Stück. Außer den Augen versteht sich.«

»Du machst einen Narren aus mir. Ich sollte gar nicht mit dir reden.«

»Weil ich tot bin? Gib es zu, du magst keine Toten.«

»Weil du …«, außer sich vor Wut trat er gegen den leblosen Torso, hob den Schädel seines ehemaligen Freundes hoch und schlug ihn gegen einen Stein. »Ja, genau, weil du tot bist. Du bist tot. Also sprich nicht mit mir. Nie wieder. Du bist tot. Wenn du es nicht weißt, so weiß ich es.«

»Ich glaube, du bist zu lange einsam gewesen. Vielleicht bist du derjenige, der mit mir spricht. Vielleicht lässt du mich einfach nicht das sein, was ich bin. Tot.«

»Halt einfach die Klappe. Ich wünschte, es hätte deinen ganzen Körper aufgefressen. Aber der Gestank hat die Bestie wohl abgehalten. Du bist widerlich. Sieh dich an!«

»Ich gebe zu, du gewinnst zusehends an Unterhaltungswert. Mich ansehen? Ich würde ja grinsen, aber du hast mir meinen Kiefer eingeschlagen.«

Es waren keine Worte, die aus Wadars Kehle strömten. Kein menschlicher Laut, den sein Mund formte. Blinde Wut trieb ihn in die Enge. Wie von Sinnen und mit fast übermenschlichen Kräften griff er nach dem Torso und schmetterte ihn gegen den Boden. Immer und immer wieder. Seine Hände bohrten sich durch die mit Maden und Würmern durchsäten Reste von Fleisch und zerrissen es in Fetzen. Mit Wahnsinn in den Augen biss er davon ab und spuckte Teile davon auf den Boden. Totes und lebendiges Getier vermischte sich zu einem ekelerregenden Haufen.

Die Bäume. Laub fiel von ihren Wipfeln. Wadar war nicht aufgefallen, wie windstill es die ganze Zeit gewesen war. In seinem Wahn gefangen, verlor er sich in Zeit und Raum. Jetzt konnte er den Wind wieder spüren. Zuerst sanft. Leise. Der Wind schickte Vorboten. Dünne Äste raschelten. Kräftigere stimmten in sein Lied ein. Baumkronen wiegten sich zu einer Melodie. Bald würde der Wind es lauthals der Welt verkündigen. Er, der Wind würde nicht alleine kommen. Sein Bruder, der Sturm, würde ihn auf dieser Reise begleiten. Und gemeinsam wären sie unbesiegbar und würden alles vernichten, was sich ihnen in den Weg zu stellen wagte und nicht rechtzeitig Schutz gesucht hatte. Es würde Opfer geben, doch darauf konnten sie keine Rücksicht nehmen. Wadar musste fort von hier.

Sein Weg sollte ihn durch das Geäst zurückführen.

Diesmal ließ der Wald ihn passieren. Keine Wurzel fasste nach ihm. Kein Ast schlug nach ihm. Der Wald und der Wind bündelten ihre Kräfte, um mit dem Sturm gemeinsam in den Krieg zu ziehen.

Wadar musste bei Sinnen bleiben und die klaren Momente nutzen. Noch konnte er etwas tun. Und er würde nicht wieder versagen. Er erinnerte sich. Luft. Atmen. Lachen. Liebe. Leben. Er durfte sein Leben nicht vergessen. Er durfte sein Zuhause nicht vergessen. Er musste seine Mutter retten. Der Sturm riss an seinen Haaren. Doch die Natur gehörte nicht zu seinen Feinden. Noch nicht. Sie schickte ihm eine Warnung, eine Mahnung, sich zu beeilen. Der Wald lichtete sich. Vor seinen Augen öffnete sich das Tor in die Welt. Es war die Welt, aus der er einst geflohen war. Die Welt, die längst kein Leben mehr hervorbrachte. Eine Welt, in der nichts so sehr gefürchtet war wie das Leben selbst. Nichts hatte sich geändert, seit er vor Tagen – oder waren es Jahre? – im Wald Zuflucht gesucht hatte. Verfolgt von jenem hirnlosen Abschaum. Diesen leblosen Kreaturen, die nur mehr dem Befehl des einen gehorchten. Ohne ein Ich. Ohne Gewissen. Ohne Gedanken. Ohne Gefühl. Nichts, das sie daran gehindert hätte, andere zu ihresgleichen zu machen. So zogen sie von Ort zu Ort. Stets auf der Suche. Erst dann, wenn sie jedes Leben ausgelöscht hatten. Erst dann würden sie ihren Seelenfrieden gefunden haben. Oder wonach sie auch immer suchten.

Ein Geräusch schreckte Wadar auf. Ein Schlurfen, das seinen Atem zum Stocken brachte. Welch Irrsinn.

Er sah sich mitten auf dem Feld stehen. An dem Ort, an dem seine Vorfahren einst Getreide gesät hatten. Nunmehr glich es toter, verkohlter Erde. Wadar stand regungslos, gut sichtbar für jede dieser Kreaturen, die auf ihn zumarschierten. Nichts passierte. Sie zogen an ihm vorbei. Nahmen keine Notiz von ihm. Wadar war irritiert. Er hätte sie riechen sollen. Der Wind hätte ihm längst die Ausdünstungen dieser Monstrositäten ins Gesicht schmettern müssen.

»Weglaufen«, wiederholte eine Stimme. »Du läufst doch immer weg, nicht wahr?«

»Nein, ich hatte keine andere Wahl.«

»Natürlich hattest du die nicht. Was hättest du denn schon tun können? Kämpfen? Deine Mutter beschützen? Mit deinem Kameraden gemeinsam sterben? Niemand kann von dir etwas verlangen, das du nicht bereit bist zu geben. Ja, was hättest du da schon machen können? Dich dem Kampf stellen? Dich wehren? Dazu gehört Mut. Dazu gehört Tapferkeit.«

»Ich habe gehofft, dass …«

»Gehofft, dass alles wieder gut wird? Einfach so? Wann ist etwas gut geworden? Einfach so? Wann hat die Hoffnung jemals etwas Gutes getan? Für irgendwen? Hoffnung ist, sich selbst zu belügen im Schutze eines Deckmantels.«

»Hilfst du mir?«

»Nichts anderes mache ich bereits. Aber du musst mir etwas dafür geben. Ein Versprechen. Du bist mir etwas schuldig.«

»Was willst du? Du kannst alles haben. Ich schenke dir alles.«

»Gut, abgemacht! Lass mich aber nicht danach bitten, wenn es so weit ist.«

»Nimm alles, aber diese Bilder, sie sollen verschwinden. Bitte die Stimmen, sie sollen verstummen. Befreie mich davon. Das ist kein Leben. Ich will weg von hier.«

»Sieh dich um!«

Jemand rammte ihn von der Seite. Wadar stolperte, stieß gegen seinen Vordermann, doch dieser nahm keine Notiz von ihm. Wadar befand sich inmitten der Monsterhorde. Er war unter ihnen. Er war mit ihnen. Er war ein Mitglied ihrer Horde. Sie liefen. Er lief mit ihnen. Wohin, wusste er nicht. Er konnte nicht ausbrechen. Sein Körper lief mit der Menge mit. Wadar schrie um Hilfe, er wollte beten, doch es war nur ein Grölen und ein Grunzen, das aus seiner Kehle nach außen drang. Er war zu einem Monster geworden, keiner Sprache mächtig. Reiter begleiteten sie, achteten darauf, dass keine ihrer Kreaturen ausbrach. Aus der Herde. Niemand beachtete Wadar. Er war unter seinesgleichen.

Das Ziel der Kolonne war nicht von Bedeutung. Keines dieser Monster hatte eine Ahnung davon, wohin sie liefen und warum. Warum sie das taten, was sie taten. Sie liefen einfach. Gedankenlos. Seelenlos. Der Himmel verdunkelte sich zusehends und mutierte zu einer einzigen schwarzen Wolke, die sich der brüllenden Masse näherte. Die ersten Schreie waren zu vernehmen. Riesige schwarze Vögel schossen auf die Herde zu, krallten sich an den Leibern der Bestien fest. Mit ihren spitzen Schnäbeln rissen sie Wunden in ihre

Leiber; der Vogelschwarm verschwand so jäh, wie er gekommen war. Aus dem Nichts in das Nichts zurück. Nur der Wind blies, nahm stetig an Kraft zu. Sturm brach über die Kreaturen herein. Heftige Hagelkörner prasselten auf die vom Leben und Tod gleichermaßen verdammte Horde. Unter tosendem Lärm öffnete die Erde die Schleusen zur Hölle.

»Vergiss nicht, das Geschenk! Dein Versprechen.«

»Nimm es! Nimm es jetzt. Ich schenke dir mein verfluchtes Leben!«

Er war wieder ein kleiner Junge. Er hörte seine Mutter, wie sie in der Küche mit dem Geschirr klapperte.

Nachwort

Für Sie, die Sie zum ersten Mal in Berührung mit »S. Kerling meets E. A. Poe« kommen. Und für Sie, die Ihnen bereits die Erstfassung bekannt ist und Sie nunmehr die gegenständliche überarbeitete Zweitfassung in den Händen halten:

> Es gibt drei Wirklichkeiten.
> Die bekannte, die nicht funktioniert.
> Die unmögliche und
> die noch nicht gedachte.

Was normal ist, ist objektiv nicht beantwortbar, sondern wird durch die Art bestimmt, wie wir unsere Dinge sehen. Oftmals stecken Wirklichkeiten an Orten, an denen sie keiner erwartet. Aus dem einfachen Grund: Sie sind kleine Formwandler, die sich zwischen der Wirklichkeit und der Realität verstecken. Genau dort, wo Erkenntnis auf Unverständnis stößt. Und genau dort, wo die Wirklichkeit nicht definitiv ist, genau dort erblicken meine Erzählungen das Licht der Welt.

Der Barbier setzt sich damit auseinander, wie es ist, ein Teil eines Systems zu werden, wie es ist, ein Teil davon zu sein, und wie ein zunächst unscheinbarer Blutsauger somit zum Erschaffer eines neuen Systems wird.

Und irgendwo versteckt, da steht dieses Haus mit den traurigen Augen. Es versperrt uns den Zutritt in sein Inneres, doch womöglich ist es nur darauf bedacht, seine Bewohner zu schützen.

Allein die Art und Weise, wie wir die Dinge ordnen, bestimmt unsere Wirklichkeit. Und wenn Sie mich fragen, ob ich des Öfteren Selbstgespräche führe, so seien Sie gewahr, es gibt Teile in mir, die nicht Teile von mir sind, und genau dort sitzt ein Rabe am Fensterbrett eines Hauses als stiller Beobachter. In Wirklichkeit nämlich kann alles passieren.

Danksagung

»Und, hast du die Danksagung schon?«
»Ja, ich schreibe sie heute, versprochen.«

Nun, das ist so eine Sache mit dem Versprechen. Nicht dass ich es nicht halten würde. Ich halte es sehr wohl, und zwar ein wenig auf Distanz. Es ist so eine Sache mit diesen Danksagungen. Ich möchte weder gefühlsduselig wirken noch irgendwelche Klischees bedienen. Nicht mein Inneres nach außen kehren, kehren hat immer etwas mit Arbeit zu tun. Kehren wirbelt immer Staub auf und ich mag keinen Staub, nicht dass ich allergisch dagegen wäre. Sehen Sie, was ich meine … ich schweife unweigerlich vom Thema ab. Ist ein Talent. Oder so. Hören Sie mich räuspern? Ich versuche es mal, aber nicht bös sein, wenn es nicht klappt.

Mein Dank gilt Ihnen, Ihnen, den Lesern, meinen Lesern – nicht falsch verstehen, niemand gehört da irgendwem. Es ist keine Frage von Haben oder Nichthaben. Sie verstehen? Ich danke Ihnen, die Sie mein Buch gelesen haben. Zur Gänze oder auch nur zum Teil. Mein Dank gilt jenen, die ich mit dieser neu überarbeiteten Fassung als neue Leser gewinnen konnte. Ja, es ist ein Gewinn, Sie auf meiner Seite zu wissen. Als Mitstreiter auf diesem hart umkämpften Schlachtfeld der schriftstellerischen Schöpfungen. Danke. Nicht mehr. Nicht weniger. Ein ehrliches Dankeschön.

Bis zum nächsten Mal.

Svea Kerling

Bibliographie

Schwarz oder Weiß – Borderliner kennen kein Grau
Autobiographischer Roman

Die Equipe – Der letzte Sitzkreis
Roman

Chorus Mortis – Tanz in der Finsternis
Anthologie (mit J. Mertens)

www.sveakerling.com